누구나 자신의 이야기가 있으면
작품을 만들 수 있다

닥치고
책 쓰기

닥치고 책 쓰기

초판인쇄	2024년 12월 03일
초판발행	2024년 12월 10일
지은이	황상열
발행인	조현수
펴낸곳	도서출판 더로드
기획	조용재
마케팅	최관호 최문섭
편집	이승득
디자인	오종국 (Design CREO)
주소	경기도 파주시 광인사길 68 , 201- 4호
물류센터	경기도 파주시 산남동 693-1 1동
전화	031-925-5364, 031-942-5366
팩스	031-942-5368
이메일	provence70@naver.com
등록번호	제2015-000135호
등록	2015년 06월 18일

정가 17,000원
ISBN 979-11-6338-472-4   13800
파본은 구입처나 본사에서 교환해드립니다.

누구나 자신의 이야기가 있으면
작품을 만들 수 있다

닥치고
책
쓰기

황상열 지음

도서출판 **더로드**
The Road Books

누구나 자신의 이야기가 있으면 책이 된다

약 14년 전 어느 가을날이다. 배가 너무 아파서 병원에 갔다. 장염이다. 며칠 동안 무엇을 잘못 먹었는지 화장실을 하루에도 몇 차례씩 들락날락했다. 치료받고 장 검사도 같이 받았다. 검사가 끝나자 의사가 나를 불렀다. 표정이 심각하다. 나는 그의 얼굴을 보면서 좀 심각한 일이 생겼는지 짐작했다. 천천히 그가 말문을 열었다.

"종양이 보입니다. 검사를 다시 해봐야겠지만, 대장암이 의심됩니다. 크기로 보면 3기쯤 되어 보이네요."
"암이요? 이제 33살밖에 안 되었는데요."
"암은 나이를 가리지 않습니다. 좀 더 세부적인 검사가 필요해 보입니다."

"검사를 더 해봐야 한다는 거지요?"

"네. 다음에 다시 오세요."

병원 밖으로 나오다가 다리에 힘이 풀렸는지 넘어졌다. 머리가 아팠다. 암이라니! 이게 무슨 일이냐. 아니라고 계속 의심했지만, 찜찜했다. 3기면 이제 나도 살날이 얼마 남지 않았나? 온갖 생각이 내 머릿속을 헤집었다. 하고 싶은 것도 많은데, 이렇게 허망하게 내 삶을 마감하는 것은 아닌가 해서 이 세상이 원망스럽기까지 했다.

결과를 믿을 수 없어 다음 날 다른 병원에 가서 다시 진단받았다. 암이 아니었다. 단순한 장염이었다. 유명한 병원이라고 갔는데, 오진한 것이다. 너무 화가 나서 처음 병원을 방문하여 따졌다. 무슨 전문가라고 하더니 돌팔이 아니냐고. 영혼 없는 사과 한마디가 끝이었다. 사람 목숨으로 장난쳐 놓고 사과 한마디면 마무리냐고 소리쳤다. 경비에게 끌려 나갔다. 이것도 어떻게 보면 의료 사고 아니겠는가? 지금 생각해도 피가 거꾸로 솟는 경험이었다.

이런 경험은 사실 살다 보면 누구나 겪는 일은 아니다. 평소 일상에서 일어나는 사소한 경험은 이야기가 되지 않는다고 생각하는 사람이 많다. 위에서 언급한 저 정도의 에피소드가 있어야 책에도 원고로 쓸 수 있는 소재가 되는 것이 아니냐고 반문한다. 매일 똑같은 일상을 사는데 쓸거리가 없다고 아우성이다.

"경험"의 의미를 다시 찾아보았다. "자신이 실제로 해보거나 겪어봄, 또는 거기서 얻은 지식이나 기능"이라고 나온다. 의미 자체적으로 쉽게 이야기하면 무엇이든 직접 실행하고 적용해 보고, 자신의 의지와는 관계없이 겪어봐야 하는 것이 경험이다. 경험의 크기는 상관없다. 이 세상을 살아가는 사람이 매일 직접 부딪히고 겪어보는 모든 것이 경험이다.

아이를 키우는 엄마의 이야기도 다 다르다. 20대 초반에 결혼하다 보니 대학 생활을 하는 또래 친구와는 달리 이른 나이에 육아를 경험하는 사람이 있다. 거꾸로 마흔까지 싱글 라이프를 즐기다가 늦은 결혼과 출산을 경험하는 사람도 있다. 같은 결혼과 육아로 볼 수 있지만, 그들이 겪었던 경험은 다르다. 또 아이를 낳지 않는 딩크족의 이야기도 발견할 수 있다. 임신이 잘되지 앉아 힘들어하는 사람의 이야기도 들어보기도 한다.

요새 사람은 극적인 성공 이야기보다 평범한 일상 이야기에 더 공감한다. 같은 문제로 고민하는 사람이 먼저 그 문제를 해결하고 극복했던 사람의 이야기에 열광하는 분위기다. 어떤 경험이라도 경험했다면 글로 옮겨보자. 그것을 모아 책을 만들 수 있다.

내 주변 지인도 직장을 그만두고 자신이 좋아하는 책으로 모임을 시작하면서 사업체까지 꾸렸다. 그 과정을 SNS에 매일 공유했더니 출판사와 계약했다. 직장을 그만두고 새로운 길을 찾고 싶은 사람들에게 하나의 답안이 되어 많은 팬까지 생겼다.

다른 지인은 외국에 한 달 정도 직접 살아보는 경험을 하고 있다. 그것을 글로 엮어서 전자책을 출간하고 있다. 여행지에 가서 느낀 점, 그 지역에서 직접 경험했던 것 등을 원고로 쓴다. 누구나 자신 경험이 있으면 책이 된다는 사실을 잘 실천하고 있는 셈이다.

아직도 자신의 이야기가 없다고 생각하는가? 오늘 만났던 사람과의 대화, 다녀온 장소, 먹은 음식 등에 대한 경험과 거기서 느낀 감정 등을 먼저 써보자. 조금씩 독자에게 메시지를 줄 수 있는 글로 전환하자. 극적이지 않더라도 평범한 일상 경험이 들어간 책이 더 독자에게 도움이 될 것이다. 이 책을 통해 쓸 자신 경험이 무엇이 있는지 한번 적어 보자.

2024. 10.

저자 **황상열**

● C o n t e n t s

차 례

〈프롤로그〉
누구나 자신의 이야기가 있으면 작품을 만들 수 있다 _ 04

제1장

세상은 당신의 이야기를 원하고 있다

제 2 장

책 쓰기 전, 글쓰기 동기부여부터!

제3장

책 쓰기 과정의 모든 것

제4장

이렇게 하면 책 쓰기가 쉬워진다

제 5 장

챗GPT를 활용한 동화책 쓰기

제6장
작가로 산다는 것은

CHAPTER
01

● ● ● ● ● ●

제1장

세상은
당신의 이야기를
원하고 있다

● ● ● ● ●

왜 당신은 책을 써야 하는가?

새해가 되면 많은 사람이 세우는 목표 중의 하나가 책 쓰기다. 자신의 이름으로 된 책을 내고 싶어 한다. 2010년 전후를 기점으로 SNS의 발달과 더불어 누구나 글을 쓰고 책을 내는 시대가 되었다. 하지만 실제로 책을 출간하는 사람은 생각보다 많지 않다. 부푼 마음과 호기심에 시작하지만, 책 원고를 끝까지 쓰는 것이 쉽지가 않기 때문이다.

그럼에도 불구하고 책을 출간하면 인생이 크게 바뀌지 않더라도 이전보다 나은 삶을 살 수 있는 발판을 마련할 수 있다. 그러면 왜 책을 써야 하는지 오늘은 내 생각을 한번 소개해 보고자 한다.

첫째. 나의 콘텐츠를 만들 수 있다.

지금까지 해왔던 경험이나 일, 나의 관심 분야, 내가 좋아하는 일 등 자신이 가진 콘텐츠는 하나씩 가지고 있다. 이것을 잘 엮여 하나씩 카테고리화시킨 후 글을 쓰면 책으로 만들 수 있다. 나는 독서와 글쓰기를 콘텐츠화시켜서 〈지금 힘든 당신, 책을 만나자!〉, 〈닥치고 글쓰기〉를 출간했다.

둘째, 나를 세상에 알릴 수 있다. (퍼스널 브랜딩)

1)번에서 언급한 콘텐츠를 잘 버무려서 책을 출간하면 세상에 나를 알릴 수 있게 된다. 책이 없던 강사는 오히려 책 한 권으로 인해 방송 섭외, 다른 강의 요청 등이 더 쇄도하는 경우를 많이 봤다. 나도 책을 출간한 후 도서관, 백화점 문화센터, 온라인 등 강의하게 되면서 많은 사람들에게 나를 알릴 수 있게 되었다.

셋째, 다른 사람을 가르칠 수 있다.

원고를 쓰면서 내가 가진 지식과 경험이 내 머릿속에 정리가 된다. 그 지식과 경험을 다른 사람들에게 알릴 수 있게 된다. 나도 독서와 글쓰기 경험을 책을 쓰고 나서 보다 체계화시켜 가르칠 수 있게 되었다.

넷째, 내가 알고 있는 지식의 완성체이다.

책을 내기 전까지 산발적으로 알고 있던 지식과 경험이 원고를 쓰면서 체계화된다. 그것이 모여서 하나의 완성된 책이 된다. 나도 독서와 글쓰기를 하면서 익힌 지식과 경험을 조금씩 글로 옮겨서 모았다. 그 글을 모아서 다시 정리했더니 독서와 글쓰기에 대한 지식과 경험이 완성되어 책으로 나왔다.

내가 생각할 때 크게 이 네 가지가 책을 써야 하는 이유라고 생각한다. 콘텐츠를 만들어서 판매하는 지식창업이 유행하고 있는 요즘 가장 쉽게 할 수 있고 기본적인 도구가 바로 책 쓰기다. 내가 가진 지식과 경험을 모아 잘 엮어서 콘텐츠를 만든다.

그 콘텐츠를 가지고 책을 쓰고 강의를 하면 그것이 곧 지식창업의 시작이다. 누구나 자신이 가지고 있는 이야기나 콘텐츠가 분명히 하나씩은 있다. 오늘은 내가 가지고 있는 것이 무엇이 있는지 찾아보고, 책 쓰기에 한 번 도전해 보는 것은 어떨까?

쓰면 달라진다

2023년 가을 지인들과 술자리가 있었다. 테이블에 올려놓은 내 스마트폰이 울린다. 한참 지인의 이야기를 듣고 있는데, 잠시 이야기가 끊어졌다. 누구한테 전화가 왔는지 화면을 보니 그동안 내가 글을 쓰는 것에 상당히 부정적인 선배였다. 받을까 말까 하다가 그래도 오랜만이라 전화를 받고 인사했다.

"안녕하세요. 선배님. 오랜만입니다."
"야! 아직도 글 쓰고 있냐? 지금도 글 쓰냐?"

첫 말투부터 듣기가 거북했다. 끊을까 말까 하다가 이야기를 이어 나갔다.

"지금 밖에서 사람들과 저녁 식사 중입니다. 중요한 이야기 아니면 다음에 통화하시죠."

"아니, 하나만 물어보게. 나도 회사를 곧 그만둘 거 같은데, 나가면 무엇을 해야 할지 고민이 되네. 글을 쓰면 좀 돈이 되냐?"

"어떤 글을 쓰려고 하시는데요?"

"20년 가까이 회사 생활하면서 내가 익힌 경험과 노하우를 쓰면 돈이 되지 않을까? 요새 전자책으로도 돈을 번다고 들었는데, 그런 것은 어떻게 하는 거냐?"

여전히 말투는 거만하다. 진짜 궁금해서 연락한 것이 아닌 나를 한 번 떠보려고 연락한 것 같았다. 퉁명스러운 그의 말에 나도 모르게 목소리 톤이 높아졌다.

"왜 아직도 제가 글을 쓰는 게 못마땅하신가요? 아니면 단지 돈을 벌고 싶어서 글을 쓰고 싶은 건가요? 뭔가를 물어보시려면 적어도 예의는 좀 갖추고 말씀해 주세요."

"야, 황상열 많이 컸네. 됐다. 그냥 말을 마라."

갑자기 통화가 종료되었다. 어안이 벙벙했다. 그 선배와는 다시 이야기하고 싶지 않은 마음이 들었다. 얼굴 표정이 좀 일그러졌지만, 다시 술자리 지인들을 보니 조금은 누그러졌다. 나와 맞지 않는 사람과는 더 이상 신경 쓰지 않기로 했다. 분명히 이것도 글을 쓰고 난 뒤 느껴지는 효과 중의 하나가 아닐까?

많은 사람이 가끔 나에게 물어본다. 글을 쓰면 무엇이 달라지냐고? 갑자기 떠오르지 않았다. 천천히 정리해 봤다. 글을 쓰면 달라지는 것에 대한 내 의견은 다음과 같다.

첫째, 글을 쓰면 나를 제대로 볼 수 있게 된다.
남 탓 세상 탓만 하던 내가 글을 쓰고 난 뒤 나에 대해 객관적으로 판단할 수 있게 되었다. 인생의 좋고 나쁨은 결국 내가 만드는 것인데, 그것을 몰랐다. 왜 나의 인생이 망가졌는지 글을 쓰다 보니 모든 것이 나에게 원인이 있다는 것을 알게 되었다.

둘째, 글을 쓰면 생각을 정리할 수 있게 된다.
생각이 정리가 되지 않으면 중구난방이 된다. 어떤 문제를 해결해야 하는데 정리가 되지 않아 혼란스러울 때도 있다. 이럴 때 글을 쓰면 논리적으로 생각을 정리할 수 있다.

셋째, 쓸데없는 분노와 감정에서 벗어날 수 있다.

갑자기 끓어오르는 분노에 참지 못하는 순간이 있다. 감정에 주체하지 못해 아무것도 할 수 없기도 한다. 이럴 때 자신의 감정을 솔직하게 적어보자. 감정을 기록하는 순간 거기에서 벗어나 다시 편안해지는 자신을 발견할 수 있다.

넷째, 매일 쓰다 보면 스스로 성장하는 모습을 볼 수 있다.

매일 자신의 일상과 감정 등을 기록하다 보면 예전에는 왜 이렇게 별 것 아닌 일에 예민하게 굴었을까. 사람들과의 관계에서 참지 못했을까 등등이 아무렇지 않은 일로 느껴진다. 조금 덤덤해진다고 할까? 자신이 조금씩 성장하는 것을 느낀다.

글을 쓰면 달라지는 점은 이것 말고도 많다. 하지만 가장 크게 느낀 점이 위에 4가지라고 생각한다. 그 선배에게 다시 전화 걸어 바뀔 수 있으니 글을 한번 써보라고 차분하게 말하고 싶다. 돈을 벌기 위해서 무슨 대단한 문학 작품을 쓰는 작가가 되라는 것이 아니다. 새로운 희망을 품고 자신의 인생을 조금 다르게 살 수 있도록 매일 써서 성장하는 작가들이 되길 바라는 마음이다.

그대로 살아 그대의 글을 남겨라. 쓰면 달라진다.

당신이 책을 쓰고 싶은 진짜
이유는 무엇인가?

매년 새해가 시작된다. 나이를 한 살 더 먹지만, 새해가 되면 새로운 마음으로 무엇인가를 시작하려는 사람이 늘어난다. 외국어 공부, 다이어트, 독서 등 뻔한 레퍼토리의 목표가 나오기도 한다. 또 자신이 정말 원했던 분야를 찾아 그것을 달성하기 위한 목표를 세울 수도 있다. 요새 새해 목표 중 하나가 책을 써서 출간하는 것도 종종 보였다.

책 쓰기 강의를 하기 전에 먼저 물어본다. '당신은 왜 책을 쓰고 싶으신가요?'

다양한 답변이 나온다. '내가 지금까지 살아온 인생을 정리하기 위해서.', '내가 가진 지식과 경험을 많은 사람에게 나누어 주고 싶어서.' 등등이다. 어디서 강의나 책에서 본 듯한 답변도 보인다. 그중에 가장 많이 나왔던 답변이 이것이다.

'김미경 강사 등 유명한 강사나 작가로 인정받아 돈을 많이 벌고 싶다.'

인정한다. 나도 그렇게 되고 싶은 마음은 늘 있으니까. 하지만 책을 쓴다고 다 김미경 대표나 김창옥 강사처럼 될 수 없다. 자신이 쓰는 콘텐츠가 트렌드에 맞아야 하고, 운과 타이밍도 따라야 한다. 또 그들만큼은 아니지만 자신을 따르는 팬덤이 조금이라도 형성되어야 한다.

출판사 입장에서 책을 만들면 어쨌든 팔아야 수익이 남는다. 비즈니스 개념으로 접근하면 결국 책도 상품이기 때문에, 팔리지 않으면 손해를 보게 된다. 아무리 콘텐츠와 기획이 좋아도 결국 마케팅이 되지 않으면 더 이상 작가로서의 수명은 점점 줄어든다. 내가 요새 제일 고민하는 부분이다. 위에서 언급한 유명한 작가와 강사가 되어 돈을 벌고 싶다는 것도 책을 쓰는 이유가 될 수 있다. 나쁜 것이 아니다. 책을 써서 저렇게만 된다면 얼마나 남에게 인정받고 떵떵거리면서 살 수 있는가?

많은 출판사가 거꾸로 유튜브나 인스타그램 등 SNS 구독자가 많은 사람을 많이 찾고 있다. 그들이 올려놓은 콘텐츠도 좋지만, SNS 운영자를 따르는 팔로워가 많다는 의미는 자신의 책을 살 구매자가 많다는 의미다 보니 적극적으로 접근한다. 결국 그 많은 구독자에게 영향력을 끼칠 수 있다 보니 인플루언서라는 말까지 생겨난 것이다. 그렇게 인플루언서에게 먼저 출판사에서 책을 출간하자는 제의가 가면 같이 기획하고 추후 원고를 써서 출간하는 시스템도 점차 늘어나는 추세이다.

10년 동안 11권의 종이책 개인 저서와 8권의 공저, 다수의 전자책을 출간하거나 등록했다. 하지만 그렇게 많이 팔리거나 잘 된 책은 많지 않다. 내가 책을 쓰고 싶었던 진짜 이유는 두 번째 직업을 만드는 것이었다. 직장생활 하면서 월급도 밀리고 앞으로 미래가 불투명하다 보니 다른 파이프라인이라도 구축해야겠다는 생각에서 시작하게 되었다. 이제 9년째 글을 쓰는 생활로 들어가고 있지만, 가끔 계속 책을 써야 하는지 의문이 든다. 계속 써봐야 의미가 있을까 하는 회의감도 솔직히 들었다.

분명히 팔리지 않는다는 것은 그만큼 여러 이유가 있겠지만, 내가 쓴 콘텐츠는 읽어보면 어디서 본 듯한 글이고, 그다지 소장할 가치는 못 느끼는 것이 가장 큰 이유이다. 새로운 책을 기획하지만 원고를 쓸 때마다 부담이 되는 것은 사실이다. 이 책은 어떻게든 한 번 대중에게 성공적으로 먹히게 하고 싶은데, 그런 글을 쓰려고 하면 두려움만 커진다. 아마도 베스트셀러 작가로의 재능은 부족해서 그런 게 아닐까?

그래도 책을 출간하는 작가가 되기로 결심한 것은 참 잘했다고 생각한다. 글을 쓰지 않았더라면 지금까지 이렇게 버틸 수 있었는지 모르겠다. 나도 모르게 글을 쓰면서 타인으로부터 인정받고 싶은 욕구가 강했다. 많지 않지만 그래도 내 글을 좋아해 주는 독자들이 있기에 계속 쓸 수 있었다.

내가 책을 쓰는 이유는 이제는 여러 가지가 섞여 있다. 내가 가진 지식과 경험으로 많은 사람들에게 도움을 주고 싶다. 거기에 좀 더 유명해져서 영향력을 가져보고 싶다. 또 직장생활을 마감하고 전업 작가로 살고 싶다. 소수의 독자가 아닌 수만 명의 독자가 좋아하는 글을 쓰고 싶다. 돌아오는 2025년에도 글은 계속 쓰겠지만, 고민이 많아진다.

당신이 진짜로 책을 쓰고 싶은 이유는 무엇인가? 속물이 되어도 좋다. 다만 가장 어리석은 일은 글을 쓰지도 않으면서 책을 내겠다고 하는 것이다. 제발 무슨 이유라도 좋으니 매일 조금씩 쓰자. 작가의 기본 조건은 우선 쓰는 사람이니까.

책 한 권을 쓰기 위해 가장 먼저 해야 할 일은?

12년 전 인생의 나락으로 떨어지고 나서 인생을 다시 살고 싶어 책을 읽기 시작했다. "생존독서"라 이름 붙였다. 읽고 또 읽었다. 읽다가 인상 깊은 구절은 밑줄치고 실제로 적용하기 시작했다. 그중에서 하나가 글쓰기였다. 많은 책을 읽다 보니 실제로 작가가 되고 싶다는 생각이 들었다. 인생의 힘든 시기를 겪고 있는 사람들에게 내가 겪었던 경험과 지식을 나누고 싶었다.

생각하자마자 바로 글을 쓰기 시작했다. 책을 빨리 출간하고 싶은 마음만 앞서다 보니 처음에 글이 잘 안 써져서 답답했다. 한두 번 쓰다가 진도가 나가지 않으니 짜증이 났다. 아무래도 체계적인 준비가 필요했다. 책 쓰기 관련하여 아무것도 모르는 상태에서 무턱대고 덤벼들다 보니 당연한 결과였다. 책 쓰기 관련 책과 강의를 찾아보았다. 역시 뭐든 모르면 일단 찾아보고 공부하는 게 먼저인데, 그렇게 하지 못하다 보니 시행착오가 많았다. 하나씩 공부하고 찾아가면서 초고를 완성했다. 이 책이 바로 2016년 첫 발간된 〈모멘텀〉이란 제목의 책이다.

10년 넘게 쓰면서 종이책만 11권의 개인 저서와 8권의 공저를 출간했다. 또 작가가 되고 싶은 저자 13명의 꿈을 현실로 만들어 주었다. 이런저런 경험이 쌓이다 보니 책 한 권을 쓰기 위해 가장 먼저 해야 할 한 가지가 무엇인지 명확하게 보였다. 그 한 가지가 바로 "기획"이다. 무슨 일을 추진하여 성과를 이루기 위해서는 기획이 가장 중요하다. 책 쓰기도 마찬가지다. 책 쓰기 기획은 4가지로 나눌 수 있다.

첫째, 어떤 주제로 책을 쓸 것인가?
인간관계, 글쓰기, 독서, 육아, 일상, 재테크, 인문학 등 어떤 주제로 책을 쓸 것인지 정하는 것이 가장 우선이다. 주제가 있어야 작가가 전달하고 싶은 말을 할 수 있다.

둘째, 그 주제를 뒷받침하는 콘셉트는 어떻게 만들 것인가?

사실 책 쓰기 주제는 위에서 언급한 것처럼 사람이 살면서 겪는 주제가 대부분이라 비슷하다. 그럼에도 불구하고 똑같은 주제지만 다른 책이 계속 나오는 이유는 콘셉트가 다르기 때문이다. 콘셉트가 다르면 읽는 타겟층도 달라진다. 예를 들어 "글쓰기" 주제로 콘셉트를 다르게 해서 "직장인이 알아야 할 비즈니스 글쓰기", "에세이 잘 쓰는 법" 등으로 출간할 수 있다.

셋째, 어떤 타겟층에 메시지를 줄 것인가?

콘셉트가 다르다 보니 읽어야 할 독자 타겟층도 달라진다고 언급했다. 타겟층은 막연한 게 아니라 구체적인 숫자로 표현해서 좁혀야 한다. 그래야 차별화된 책으로 좀 더 포지셔닝 할 수 있기 때문이다. 가장 중요한 것은 그 타겟층에게 제대로 이 책이 주는 메시지를 잘 남겨야 한다.

넷째, 목차는 어떻게 구성할 것인가?

책 쓰기는 목차 구성이 완료되면 50%가 되었다고 이야기하는 경우가 많다. 그만큼 목차가 책 쓰기에서 차지하는 비중이 그만큼 높다. 목차만 제대로 완성이 되면 초고를 쓰는데 덜 부담스

럽다. 그렇기 때문에 목차를 짜기 위해서는 많은 시간이 소요된다. 무작정 초고를 쓰지 말고 목차부터 어떻게 할 것인지 고민하는 것이 더 좋다.

책을 쓴다는 것은 결국 자신의 이야기를 바탕으로 독자에게 어떤 메시지나 해결책을 주어 그들이 어떤 변화를 오게 하는 것이 목적이라고 보면 된다. 또 누구나 자신 삶의 이야기가 있으면 책을 낼 수 있다. 여전히 책 쓰기에 도전하고 있지만, 어렵다고 느끼는 사람은 기획부터 다시 해보자. 위 4가지 질문에 대해 구체적인 답변을 따로 종이에 적는 것도 나쁘지 않다.

책 쓰기는 인생을 바꿀 수 있는 도구 중의 하나다. 너무 어렵게 생각하지 말고 자신이 쓰고 싶은 주제가 있다면 더 생각하지 말고 빨리 쓰자. 일단 쓰기 시작하는 사람들은 추후 출간하는 비율이 더 높다. 책을 쓰고 싶다면 기획이 먼저다.

글로 옮기지 못할 인생은 없다

오늘도 한 사내는 밤거리를 헤매고 있다. 마음이 너무 답답해서 누구라도 만나 하소연을 하고 싶었다. 오랜만에 연락이 닿은 지인이 집 근처 술집에서 기다리고 있을 테니 천천히 오라고 한다. 세수만 하고 모자를 쓰고 트레이닝복 차림에 슬리퍼를 신고 나갔다. 누가 봐도 백수처럼 보였다. 면도 한지 오래되다 보니 수염도 덥수룩했다.

술집 문을 여니 양복 차림에 말끔한 모습의 지인이 한 구석 자리에 앉아 있었다. 불과 몇 달 전까지만 해도 나도 저런 복장이었는데. 나도 모르게 한숨을 쉬었다. 그 모습을 본 지인은 그만 좀 한숨 쉬라고 타박한다. 그 한마디에 또 울컥해서 답답해서 그렇다고 소리쳤다. 이런 모습에 익숙했던 그는 신경 쓰지 않고 메뉴판을 보더니 오뎅탕과 소주를 시켰다. 소주 한 잔을 따라주는 지인이 다시 말했다.

"잠시 쉰다고 생각해. 지금까지 열심히 잘 달려왔잖아. 힘내라."

"네가 뭘 안다고 또 그런 이야기를 하는 거야? 나 못 놀아. 일해야 한다고! 한 달 벌어 한 달 사는 인생인데. 잠시라도 쉬는 게 나에게 사치야."

"그럼, 네 마음대로 해. 사람이 좀 이야기를 하면 들어야지. 너는 왜 이렇게 삐딱하게 보냐? 그러니까 회사에서 잘린 거 아냐?"

"말 다했냐? 위로해 준다고 불러놓고, 염장 지르는 거냐?"

"됐다. 그만 만나자. 연락하지 마라. 매사에 부정적이라 내가 더 힘들다."

소주 한 병만 마시고 그와 헤어졌다. 몇 잔 마시지도 않았는데, 머리가 아프고 속이 매스껍다. 집까지 어떻게 걸어왔는지 기억이 안 난다. 집에 오자마자 잠이 들었다. 눈을 떴다. 새벽이다.

다리에서 떨어지는 꿈을 꾸었다. 식은땀이 났다. 다시 눈을 감았다. 나도 모르게 내 눈에서 또 눈물이 흐르고 있었다. 어쩌다가 여기까지 오게 되었을까? 앞으로 어떻게 살아야 할까?

이제 더 이상 날 만나줄 사람도 없었다. 회사에서 잘나가던 시절 도와달라고 했던 사람들은 정작 내가 도움을 요청하자 받지 않았다. 아무도 내 연락을 받지 않았다. 인간관계가 참 허무하다는 것을 그때 제대로 깨달았다. 또 영원한 것은 없다는 사실까지. 이 답답한 마음과 공허한 감정을 어떻게 풀어야 할지 몰랐다. 이제 더 이상 술에 의지하는 것도 한계가 있었다.

컴퓨터가 보였다. 전원을 켜고 한글창을 열었다. 그 당시에 읽었던 책 중에 마음이 답답하면 글을 한 번 써보라는 구절이 생각났다. 그래! 그냥 생각나는 대로 써보자! 아무말 대잔치도 좋으니까! 지금 나의 상황과 감정을 느끼는 대로 모니터를 보며 자판을 두드렸다. 5줄 정도 쓰니 더 이상 쓸 말이 없었다. 내가 쓴 글을 읽었다. 조금은 마음이 편해졌다. 2015년 1월 어느 날에 있었던 일이다. 그날 이후로 매일 조금씩 글을 쓰기 시작했다.

"내가 무엇을 좋아하는가? 나는 누구인가? 앞으로 어떻게 살아야 하는가?.." 많은 질문을 떠올리면서 생각나는 대로 가감 없이 한글창에 글을 썼다. 그중에 일부분을 블로그에도 같이 올렸다. 글쓰기 강의도 듣고 책을 읽으면서 조금씩 요령과 기술도 익혔다. 책을 읽고 리뷰도 썼다. 내 평범한 일상에서 일어난 일도 쓰기 시작했다. 드라마나 영화를 보고 느낀 점도 기록했다. 그렇게 매일 쓰면서 독자들에게 어떤 메시지를 줄 수 있을까 고민하면서 지금까지 10년 넘게 글쓰기를 이어오고 있다. 꾸준하게 닥치고 쓴 덕분에 많은 기회를 잡고 성과를 낼 수 있었다.

글을 쓰면서 깨달은 점은 하나다. 누구나 자신의 이야기와 경험을 글로 옮기면 작품이 된다는 사실을. 글로 옮기지 못할 인생은 없다는 것을. 평범한 일상을 계속 쓰다 보면 그 자체가 특별해진다는 것을. 여전히 부족한 필력에 한 편의 글을 완성하는 것도 머리가 아프다. 하지만 글을 쓰다 보면 현재의 내가 과거의 나를 위로하고 희망을 발견하게 되었다. 글쓰기로 인생을 배웠다. 많은 사람들이 글쓰기의 매력을 알아가면 좋겠다. 오늘도 한 편의 글을 쓰니 뿌듯하다.

06

대단한 것을 쓰자는 것이 아니다

주변 지인이나 글쓰기가 궁금한 사람들이 나에게 가끔 물어본다.

"책을 내려면 어떤 주제로 써야 할까요? 제가 가진 콘텐츠가 없는데 어떡하죠?"
"글을 쓰고 싶은데 무엇을 써야 할지 잘 모르겠어요."
"다른 사람의 글을 보면 뭔가 있어 보이는데, 내 글을 그렇지 않아서 고민이네요."

이런 질문을 받을 때마다 나의 대답은 한결같다.

"저도 처음에는 뭔가 대단한 이야기가 있어야 쓴다고 생각했습니다. 그런데 지금까지 살아온 이야기를 모아봐도 그런 것이 없더라고요. 머리를 쥐어 뜯어가며 기억을 꺼내고 싶었지만, 아무리 생각해도 제 인생은 남들과 별다를 게 없었습니다. 답답하고 인생을 바꾸고 싶으면 글을 써보라고 해서 글쓰기에 도전했는데 쉽지가 않았습니다. 포기하려다 문득 어떤 글쓰기 책에서 본 내용이 기억나서 그것부터 쓰기 시작했습니다. 그것이 바로 이 방법입니다."

위에서 언급한 방법이 바로 "당신의 일상에서부터 쓰기 시작하라."는 내용이었다. 살아가는 일상에서 만났던 사람의 이야기, 먹었던 음식의 느낌, 그날에 있었던 경험과 감정 등을 쓰는 것이다. 나도 직장에 다니면서 일어난 그날의 사건이나 경험, 혼자서 느꼈던 감정 등을 솔직하게 쓰는 것부터 시작했다.

쓰면서도 잘 쓰고 있는지 궁금했다. 매일 쓰고 있었지만, 다 쓰고 나서 내가 먼저 읽어보면 다른 사람이 과연 내 글을 보고 뭐라고 할 것 같아 부끄러웠다. 남에게 보여 주는 것이 창피할 정도였다. 그래도 뭔가 한 개의 글을 완성해서 뿌듯했다. 글 하나를 완성했다는 작은 성공의 기쁨이 하나둘 생기다 보니 계속 쓰고 싶었다. 쓰다 보니 쓸거리가 부족했다. 글감을 찾아야 했다.

글감을 찾으려고 하니 그전에는 잘 보지 못했던 대상이나 현상 등에 관심이 생겼다. 출퇴근은 지하철을 이용한다. 매일 같은 루트로 가고 있지만, 매일 다른 새로운 사람을 만난다. 늘 다르게 나타나는 그들의 표정과 인상을 보면서 관찰한다.

인상 찌푸린 학생을 보면서 '성적이 좋지 않았나? 학교에서 무슨 일이 있었을까?'라고 생각이 들면 예전 나의 학창 시절을 떠올려 본다. 지하철 한구석에서 꼭 붙어서 사랑의 대화를 주고받는 연인을 보면서 '어떻게 사귀게 되었을까? 오늘은 어떤 데이트를 할까?' 등의 생각을 이어간다. 그런 관찰을 통해 독자에게 어떤 메시지를 줄 수 있을까 고민하면서 오늘 무엇을 쓸지 스스로 생각한다.

이렇게 조금씩 나아가다 보면 일상의 이야기를 쓸 수 있다고 자부한다. 글을 쓰기로 마음먹었다면 최소한 자신의 일상에 관심을 가지고 관찰하는 것은 기본으로 해야 하는 것이 아닌가? 대단한 것을 쓰자는 것이 아니다. 지금 당장 노트북을 켜고 추석 연휴에 있었던 일을 한번 적어보자.

송편과 전을 부치면서 친척들과 나누었던 이야기, 오랜만에 만난 친척의 질문에 화가 난 이야기, 같이 놀러 갔던 장소에 대한 여행기 등이 충분히 쓸거리는 쏟아진다. 일상에서 일어난 이야기를 하나씩 나열하다가 조금씩 익숙해지면 독자들에게 무슨 이야기를 할지 연결하자. 그렇게 쓰다 보면 하나씩 모여서 작품을 만들 수 있다.

07

나만이 창조할 수 있는 가치가 있는가?

몇 달 전 어떤 모임에서 만난 사람과 대화하다 이런 질문을 받았다.

"황 작가님만이 창조할 수 있는 가치가 있으신가요?"
"음, 가치요?"

갑작스러운 질문에 바로 대답할 수 없었다. 과연 내가 만들어 낼 수 있는 가치가 무엇이 있을까? 나도 궁금했다. 그에게 좀 더 생각을 해봐야겠다고 답변하고 다른 화제로 이어 나갔다. 모임 이 파하고 나서 집으로 돌아오는 길에 계속 그 가치라는 말이 내 머릿속을 맴돌았다. 사람이 없는 조용한 지하철 안에서 '가치'의

뜻을 찾아보았다.

1. 주관 및 자기의 욕구, 감정이나 의지의 욕구를
   충족시키는 행위
2. 사물이 지니고 있는 쓸모
3. 대상이 인간과의 관계에 의하여 지니게 되는 중요성

다양한 의미가 있지만, 이 글과 연관 있는 가치의 의미는 아마도 1번이 가깝지 않을까 싶다. 주관적으로 자신이 원하는 욕구를 충족시킬 수 있다면 가치 있는 행위라고 할 수 있다. 더 나아가 자신이 원하는 욕구를 충족하면서 타인을 도울 수 있다면 금상첨화다. 며칠 후 다른 모임에 참석했다. 계속 내가 추구하는 진정한 가치가 무엇인지 생각이 떠나지 않았다. 모임에서 만난 지인에게 질문했다.

"강사님이 추구하는 가치는 무엇인가요?"
"저요? 제가 추구하는 가치는 많은 사람이 좋은 말을 할 수 있게 도와주는 일이요."
"와, 멋지신데요? 언제부터 그런 가치를 만들었나요?"

"스피치 강사가 처음 시작했을 때부터 그런 가치와 사명을 만들었어요. 이것이 없으면 아무래도 오래 일을 하지 못할 것 같은 느낌이 들어서요."

"가치가 없으면 오래 일을 못할 것 같다고요?"

"네, 뭔가 나와의 약속이 있어야 일이 힘들어도 오래 할 수 있지 않을까요? 황 작가님은 그렇지 않으세요?"

뭔가 내 머릿속을 스쳐 지나갔다. 잊고 있었던 내 가치가 다시 떠올랐다. 많은 사람에게 읽고 쓰는 삶을 전파하는 것. 2020년 여름부터 지금까지 햇수로 5년째 많은 사람에게 글쓰기 기초와 책 쓰는 방법 등을 알려주고 있다. 많지 않지만, 그래도 꾸준하게 진행해 오고 있다. 작년부터 사람이 잘 모이지 않자 힘이 빠졌다.

그래도 돈을 벌기 위해 강의를 하는데, 사람이 없으면 수익이 없으니 계속 진행할 의욕도 사라지고 있었다. 이제 그만할까 고민도 했지만, 지금까지 해온 것이 아깝기도 하고, 아직 기존 수강생이 남아 있어서 포기할 수 없었다. 하지만 예전처럼 의욕을 가지고 가르치는 것이 힘들었다. 그냥 기계적으로 앵무새처럼 수강생 앞에서 강의안을 영혼 없이 읽고 있는 나를 발견했다. 왜 이렇게 기운이 빠지게 되었는지 이유는 단 하나였다. 가치를 잊고, 수익화가 잘 되지 않는 이유에만 집중했기 때문이다. 속물처럼 보였다.

일이 아무리 힘들고 사업이 잘되지 않더라도 다시 일어나 오래 유지할 수 있는 원동력이 바로 나의 가치였다. 나만이 창조할 수 있는 가치가 확실하다면 어떤 어려움이 있어도 헤쳐 나갈 수 있다. 다시 한번 나의 사명과 가치를 떠올리고, 종이에 적었다. '인생에 지치고 힘든 사람에게 읽고 쓰는 삶을 전파함으로써 그들 인생의 반전이 생길 수 있도록 돕는 것'

많은 글쓰기/책 쓰기 강사가 있지만, 이 가치는 오로지 나만이 할 수 있다고 자신한다. 이 가치를 계속 가슴에 품고, 죽을 때까지 많은 사람이 읽고 쓰는 삶을 통해 인생의 변화를 가져올 수 있도록 도울 것이다.

이 글을 읽고 있는 당신도 혹시 창조할 수 있는 가치가 있는가? 그것만 찾을 수 있으면 근사한 인생이 당신 앞에 펼쳐질 것이다. 특히 그 가치가 타인에게 도움이 된다면 더 근사하지 않을까?

CHAPTER
02

· · · · · · ·

제 2 장

책 쓰기 전,
글쓰기
동기부여부터!

· · · · ·

글쓰기도 단호하게

지금도 우유부단한 면이 있다. 지나온 인생을 돌아보면 어떤 선택을 할 때마다 이리저리 망설이는 경우가 많았다. 왼쪽과 오른쪽에 각각 결과가 있다는 전제로 왼쪽을 선택하면 무엇이 더 좋을 것 같고, 또 오른쪽을 선택하면 다른 장점이 보인다.

어떤 결정은 옳았고, 또 다른 선택은 실패했다. 하지만 그 선택을 하고 결정하기까지 단호하지 못했다. '단호하다'라는 것은 내 입장을 분명히 밝히는 것을 뜻한다. 사전적인 의미를 찾아보니 '결심이나 태도, 입장 따위가 과단성 있고 엄격하다.'라고 나온다. 인생에서도 내 입장을 분명히 하지 않으면 상대방에게 질질 끌려다니게 된다. 나도 그랬다. 내 입장을 분명히 먼저 밝히지 않으면 상대방의 부탁이나 지시를 거절하기가 어렵다.

2017년부터 나만의 콘텐츠를 만들면서 소규모 세미나를 열었다. 아마 그것이 강의의 시작이었다. 오프라인에서 하다 보니 적정한 시간을 정하고 사람들이 모일만한 장소를 대관했다. 1명이 신청하더라도 시간을 내어 최선을 다했다.

가끔 신청하고 개인적인 일이 생겨 못 오시는 분들이 생겼다. 처음에는 사정이 있으니 이해를 했지만, 상습적으로 신청하고 강의만 시작하면 안 오는 사람들이 있었다. 그들은 일부러 입금도 하지 않고 당일 강의에 참석하면 현금으로 주겠다고 했다. 그러나 당일 강의 1시간 전 문자로 못 온다고 연락했다. 더 이상 참을 수 없었다.

그 시점부터 나에게 불편을 주는 사람이 생기면 단호하게 대처했다. 그들이 어떻게 생각하든 단호하게 내 입장을 먼저 밝혔다. 관계에 문제가 생겼지만, 개의치 않았다. 어차피 불편하기 시작하면 그 관계도 이어 나갈 의미가 없기 때문이다.

지금도 온라인 수업을 운영하면서 사람들이 내가 원하는 사항을 들어주지 않으면 내 입장을 단호하게 밝힌다. 예의를 지키면서 할 말은 해야 뒤탈이 없다.

글쓰기도 마찬가지다. 오늘 하나의 글을 완성해야겠다고 마음을 먹었다면 단호하게 끝까지 써야 한다. 많은 사람들이 글을 쓰고 싶지만 완성하는 사람은 많지 않다. 한두 줄 쓰다가 마음에 들지 않으면 지운다. 그렇게 시간만 보내다가 무슨 글쓰기를 하냐고 정신승리 하면서 노트북을 끄거나 노트를 찢어버린다. 굳이 글을 쓰지 않아도 괜찮다고 애써 위로한다. 차라리 이럴 거면 처음부터 안 쓰는 것이 낫다.

앞으로는 글쓰기도 단호할 필요가 있다. 단호하게 글을 쓰기 위해서는 제일 먼저 내가 한 시간에 얼마나 쓸 수 있을지 따져보는 것이다. 한 시간 동안 5줄밖에 못 적는다고 하면 그것이 지금 자신이 쓸 수 있는 글쓰기의 최대 분량이다. 우선 자신의 "분량"을 정해놓고 그 양만큼은 단호하게 채우는 것이다.

초고(처음 쓰는 원고)는 양을 채우는 원고이자 쓰레기라 표현하다. 일단 어떤 글이든 쓰기 시작하면 멈추지 말고 자신이 정한 분량만큼 끝까지 쓰자. 그리고 그 양을 채우고 나서 계속 수정하면 좋은 글이 된다는 것을 잊지 말자. 인생도 글쓰기도 단호해야 한다. 그래야 자신이 원하는 대로 나아가고 끝맺음을 할 수 있다.

글쓰기는 원래 고된 작업이다

　　군대 제대 후 2주 정도 소위 '노가다'라고 불리는 건설 현장에서 일을 한 적이 있다. 건축법상 공동주택 중 하나인 '연립주택'을 짓는 현장이다. 흔히 '빌라'라고 부르는 건물이다. 현장에 가서 처음 내가 했던 일은 건물의 외벽을 담당하는 벽돌과 내부에 층을 연결하는 계단을 만드는 대리석을 나르는 일이었다. 기술이 없다 보니 가장 쉬운 나르는 업무부터 맡게 된 것이다.

　　군대도 제대하고 20대 초반의 팔팔한 나이다 보니 벽돌과 대리석을 나르는 것을 식은 죽 먹기라 생각했다. 아침 일찍 밥을 먹고 지게를 매고 벽돌을 나르기 시작했다. 3~4회 정도는 할 만 했다. 횟수가 거듭되자 점점 다리가 풀리기 시작한다. 호흡도 가빠지고 어깨도 엄청나게 쑤신다. 쉽게 생각했다 큰코다친 격이다.

그렇게 정신없이 왔다 갔다 하니 점심시간이다. 배가 고파서 점심을 허겁지겁 먹고, 온몸이 쑤셔서 누워서 잠깐 잤다. 꿀맛 같은 낮잠을 자고 일어나니 홀가분했다. 오후 작업은 계단을 만드는 대리석을 옮기는 일이다. 벽돌 20개 정도 무게이다. 그것을 등에 메고 건물 내부의 방구석으로 운반해야 했다. 일에 능숙하지 않다 보니 한 장을 등에 메는 것 자체가 힘들었다. 등에 대리석을 메었지만 허리를 숙이고 걸어야 하는 게 너무 어려웠다.

한 장을 처음 옮기는 데 걸린 시간은 30분이 넘었다. 당연히 감독자에게 혼이 났다. 빨리빨리 못한다고. 그래도 오기가 생겨 하나씩 등에 메고 천천히 옮겼다. 한 장씩 옮길 때마다 속도도 빨라지고 요령도 생겼다. 그렇게 하루가 지나고, 집에 가니 몸살이 났다. 파스를 붙이고 다음 날 다시 똑같은 일을 반복했다. 일주일이 지나니 능숙하게 벽돌과 대리석을 나를 수 있게 되었다.

글쓰기 수업을 진행하면서 많이 듣는 이야기가 있다.

"글을 쓰고 싶은데 자꾸 중간에 포기하게 되어요. 오랫동안 쓰는 것이 힘들어요. 책을 내고 싶은데 초고 쓰는 게 만만치가 않아요."

글쓰기 자체가 원래 고되고 힘든 작업이다. 건설 현장에서 하나의 벽돌과 대리석을 옮겨서 그것을 연결하고 붙여야 집이 되는 것처럼, 힘들어도 계속 써야 하나의 완성된 글을 만날 수 있다. 이제 한두 장 써놓고 글쓰기가 힘들다고 하면 아예 쓰지 않는 편이 훨씬 낫다. 현재 당신이 읽거나 만나고 있는 모든 책이나 글은 작가가 고된 작업을 통해 나온 결과물이다.

지금까지 19권의 책(공저포함)과 다수의 전자책 출간과 블로그 등에 약 7,000개의 글을 올렸다. 하나같이 쉬운 작업은 아니었다. 하나의 글을 포스팅하거나 한 꼭지의 원고를 쓰는 자체가 매 순간 어렵고 고된 일이었다. 어떻게 첫 문장을 시작했고 구성을 이어 나가야 할지, 어떤 에피소드를 끌고 와서 말하고자 하는 메시지와 연결시켜야 할지, 마무리를 어떻게 해야 할지 등등 모든 게 장애물이다.

그 장애물을 하나씩 극복하고 나아가야 한 개의 글이 비로소 만들어진다. 겁을 주는 것이 아니다. 글쓰기가 원래 힘들고 고된 작업이란 것을 다시 한번 언급하는 것이다. 그러니까 이 힘들고 고된 작업이라고 미리 포기하지 말고 조금씩 즐겁게 했으면 하는 바람이다.

매일 조금씩 포기하지 말고 즐겁게 한 줄이라도 쓰면 그것이 모여 반드시 작품이 된다. 한 개의 벽돌이 모여 집이 되는 것처럼 하나의 문장이 모이다 보면 근사한 자신의 글이 완성된다.

오늘도 아침부터 바람이 시원하다. 이 좋은 가을 글쓰기 좋은 날이다. 일단 닥치고 쓰자!

글쓰기는 영혼의 대화다

90년대 초반 한창 인기 있던 "사랑과 영혼"이란 영화가 있다. 갑작스러운 사고로 죽은 남자 친구 샘이 하늘로 올라가지 못하고 사랑하는 연인 "몰리" 곁에 남는다. 자신의 존재를 알리기 위해 많은 방법을 쓰지만 번번이 실패한다. 그러다가 영매 메이와 만나게 되고, 그녀의 도움으로 몰리와 재회한다. 마지막에 샘의 영혼은 몰리에게 "사랑한다"라고 전하고 천상으로 올라간다.

2003년 개봉한 "러브 액추얼리"를 보면 누구나 기억하는 명장면이 나온다. 한 여자를 오랫동안 좋아했던 남자 주인공이 성탄절을 맞이하여 여주인공에게 전하지 못한 진심을 스케치북에 적어 고백하는 장면이다. "나에게 당신은 완벽해요"라는 스케치

북 대사가 압권이었다.

"사랑과 영혼"에서는 진짜 영혼이 말로 사랑하는 사람에게 진심을 전했다. "러브 액추얼리"에서는 좋아하는 자신의 마음을 말보다 글쓰기로 전했다. 개인적으로 두 가지를 비교하면 말하기보다 글쓰기가 영혼을 담아 자신의 마음을 전하는 데 효과적이라고 생각한다.

물론 말로 하면 그 감정이 더 실려 좋을 수 있지만, 말하는 것이 서투른 사람은 자신의 마음과 생각을 편지로 써서 전달하는 것이 더 좋다. 분위기 다 잡아놓고 말 한마디 잘 못 내뱉었다가 파투 나는 경우도 가끔 본 적이 있다. 말은 한 번 나가면 주워 담을 수 없지만, 글은 언제든지 수정이 가능하다.

또 글쓰기는 나 자신과 대화하는 데 유용하다. 다시 말하면 내 영혼과의 은밀한 고백을 하는 시간이다. 어린 시절부터 생이 다하는 날까지 글을 한 번도 쓰지 않는 사람은 없다. 자신의 일상을 기록하면서 그 안에 나의 분노, 애증, 사랑, 배려, 공감 등을 집어넣는다.

글쓰기에서 만큼은 타인으로부터 자유롭다. 누군가에게 상처를 받았다면 상대방의 분노와 짜증을 쏟아낼 수 있다. 좋은 일을 했다면 스스로 칭찬하기도 한다. 하얀 백지 안에 한 글자씩 채워가는 나 자신과의 진솔한 대화이자 고백이다.

그렇게 매일 내 영혼과 대화하며 글을 쓰다 보면 위로를 받기도 한다. 10년 전 인생의 나락으로 떨어지고 나서 한참 방황했다. 그러다가 다시 책을 읽고 2015년부터 본격적으로 글을 쓰기 시작했다. 누구와도 소통할 수 없었던 그 시기에 한글창을 열고 나 자신과 대화하기 시작했다. 그렇게 매일 쓰다 보니 어둠에 빠져서 허우적대는 나의 영혼을 구원할 수 있게 되었다.

혹시 지금 인생이 힘들다면 노트북을 켜고 한글창을 열어 한 줄이라도 지금 나의 심정을 적어보자. 친구나 가족, 지인에게 가끔 넋두리하면서 위로를 받을 수 있지만, 그것도 잠시뿐이다. 결국 힘들고 지친 나를 제대로 보듬어 줄 수 있는 사람은 자신 밖에 없다. 글쓰기는 결국 나를 지켜질 수 있는 내 영혼의 대화라는 것을 잊지 말자.

글쓰기 루틴을 가지면 쓰기가 쉬워진다

2024년 초 일련의 사건을 겪으면서 마음이 무거웠다. 다시 생활 리듬이 깨졌다. 그동안 해왔던 루틴이 깨졌다. 루틴을 하나씩 만들면서 인생의 변화를 가져올 수 있었다. 그것이 또 깨지게 되니 일이 꼬이기 시작했다. 잘하던 일도 이상하게 문제가 생겼다. 하나가 풀리지 않자 도미노처럼 여러 문제가 생겼다. 해결책을 찾아야 하는데, 마음이 아프다 보니 아무것도 하기 싫었다. 결국 회사 업무를 제외하고 모든 것을 멈추게 되었다.

루틴의 사전적 정의를 다시 찾아봤다. "어떤 것을 정해진 순서대로 반복하는 것"이라 나온다. 즉 자신이 정해놓은 어떤 습관이 있다면 그것을 순서대로 계속 지속하는 행위이다. 예를 들어 새벽 기상해서 물을 한 잔 마시고, 책을 읽고 기록하는 등 순서대로 하게 되면 이게 바로 루틴이다.

나는 매일 밤이나 아침 일찍 책 한 페이지 읽고 한 장 이상의 분량을 글로 채워 쓰는 루틴을 고수했다. 그렇게 해야 계속 읽고 쓰는 삶을 살 수 있다고 믿었기 때문이다. 그렇게 무슨 일이 있더라도 매일 읽고 썼다. 그러다가 올해 처음으로 한 달 넘게 읽고 쓰는 루틴을 중단하게 되었다. 도저히 읽고 쓸 여유가 생기지 않았다.

하지만 조던 피터슨의 〈12가지 인생의 법칙〉 책에 나온 '아무리 인생이 힘든 일이 있더라도 자신이 하는 일은 계속해야 한다.' 는 구절을 읽고 손뼉을 쳤다. 지금 힘들지만 내가 쓰는 글쓰기 루틴은 지속해야 했다. 자신의 루틴을 행하지 않는다면 존재 가치가 없어진다는 것과 일맥상통한다.

다시 컴퓨터 앞에 앉았다. 그 당시 내 심정을 솔직하고 담담하게 팩트로 전달했다. SNS에 내 글을 기다려 주는 사람이 있었나 보다. 몇 분이 댓글로 힘내라는 응원했다. 그 댓글을 보고 내

눈은 뜨거워졌다. 다시 계속 쓸 수 있는 용기와 힘이 생겼다. 나처럼 글을 매일 쓸 수 있는 루틴을 만들면 글쓰기가 좀 더 수월해진다. 글쓰기 루틴을 만드는 방법을 한번 같이 알아보자.

첫째, 언제 쓸지 시간을 확보한다.

새벽에 쓸지 밤늦게 끄적여볼지 자신에게 맞는 글쓰기 시간을 찾는다. 24시간 바쁘게 살아가지만, 진심으로 글을 쓰고 싶다면 최소 30분 이상 글 쓰는 시간을 확보하자.

둘째, 어디서 쓸지 공간을 확보한다.

집에서 쓴다면 자신만의 서재 등 공간을 활용한다. 자신만의 방이 없다면 한 구석에 책상 하나 놓고 써도 된다. 카페나 도서관도 추천한다. 마음 편하게 쓸 수 있는 공간을 확보하자.

셋째, 무조건 자신의 분량을 채우자.

매일 쓰기 위해서는 우선 자신이 최대 어느 만큼 쓸 수 있는지 알아보자. 5줄밖에 쓰지 못하는데, 그 이상으로 쓴다면 그 자체가 스트레스다. 자신의 분량을 확인하고, 익숙할 때까지 분량을 채울 수 있도록 연습하자.

넷째, 자신만의 글을 쓰면 된다.

타인과의 글을 비교하지 말자. 어차피 내가 경험한 사건을 바탕으로 거기서 느낀 감정에서 가치와 의미를 부여하여 독자에게 어떤 메시지를 주는 것이다. 같은 주제로 쓴 유명 작가의 글도 읽어보면 잘 쓰지 못하는 부분이 있다. 자신이 아는 그대로 쓰는 것이 중요하다.

다섯째, 계속 써야 한다.

시간과 공간도 확보하고, 자신만의 주제로 계속 쓰면 달라진다. 그 주제에 관한 글을 독자가 읽어보고 전문가로 인식하게 된다. 한두 번 쓰다가 멈추면 안 하느니 못하다. 계속 쓸 수 있는 용기가 필요하다.

위 5가지만 잘 지켜도 글쓰기 루틴을 만들 수 있다. 여전히 글쓰기가 어렵다면 자신만의 글쓰기 루틴을 고민하자. 글은 쓰고 싶은데 들쭉날쭉하거나 아예 쓰지 않는다면 영원히 쓸 수 없다. 오늘 쓰고 싶다면 루틴을 생각하자. 닥치고 쓰면 뭐라도 나온다.

글쓰기를 지속하는 힘, 바로 이것만 하지 않으면 된다

매일 한 편 이상 글을 쓰려고 노력하고 있다. 글 한 편을 완성하는 일이 쉽지 않다. 무엇을 써야 할지 주제를 먼저 찾는다. 금방 생각날 때도 있지만, 하루 종일 고민해도 떠오르지 않기도 한다. 주제를 찾으면 그에 따른 글감과 자료를 수집한다. 종이가 옆에 있으면 어떻게 써 볼지 대강 스케치하듯이 끄적여본다.

그 주제에 맞는 어떤 에피소드를 가져올지 기억하거나 모아놓은 다이어리를 뒤져본다. 독자에게 어떤 메시지를 줄 수 있을지 주제와 에피소드에서 느낀 감정을 토대로 가치와 의미를 찾는다. 그 중간에 어떤 글쓰기 구성 방식으로 쓰면 좋을지 같이 고민한다. 기획이 끝나면 분량을 채우기 위해 생각나는 대로 자판을 두드린다. 초고를 작성이 끝나면 수정 작업을 거친다. 글은 언제든지 퇴고할수록 좋아진다. 따라서 초고는 언제든지 버린다는 각오로 편하게 쓰면 된다.

많은 사람이 초고부터 잘 쓰려고 노력한다. 왜 그렇게 하냐고 물어보면 다른 일도 많은데 언제 퇴고할 시간이 있느냐고 반문한다. 이렇게 말하는 사람치고 초고를 완성하는 경우는 많이 보지 못했다. 초고도 완성하지 못하는데, 무슨 퇴고를 운운하는지. 일단 완성이 되어야 그 글을 보고 고치든지 말든지 할 것이 아닌가? 한두 번 초고를 완성 후 고친다 해도 더 이상 글쓰기를 지속하지 않는다. 또 이유를 물어보면 쓸거리가 없거나 "이것" 때문에 더 이상 할 수 없다고 이야기한다.

오늘은 특히 "이것"에 대해 언급해 보고자 한다. 바로 "타인의 평가에 연연하여 휘둘린다."는 의미이다. 글을 써 놓고 보니 다른 사람들에게 보여주는 것이 창피하거나 부끄럽다. 이것밖에 못 쓰면서 무슨 글을 쓰냐는 핀잔을 듣지 않을지. 그동안 공개하지 않는 나의 솔직한 이야기를 읽고 놀라지 않을지. 이런저런 평가를 받을까 봐 두렵다. 차라리 이럴 바엔 쓰지 않는 것이 속 편할 텐데.

처음 글을 쓰기 시작했을 때 나도 이런 타인의 평가에 민감했다. 오늘 포스팅 블로그 글을 읽고 악성댓글을 쓰지 않을지, '좋아요'나 공감은 아예 없을지 등 쓰기도 전부터 걱정했다. 이미 부정적인 마음을 가지고 글을 쓰기 시작하니 첫 문장을 쓰고 더 이상 진도가 나가지 않았다. 쓰고 싶은 마음이 싹 사라졌다. 결국 타인의 시선을 신경 쓰고 있으니 내가 원하는 글은 더 이상 쓰고 싶지 않았다.

〈모비딕〉으로 유명한 멜빌은 자신이 작가로 성공할 수 있었던 요인을 이렇게 이야기했다.

"저는 제가 쓴 작품에 대한 다른 사람들의 평가에 전혀 신경 쓰지 않았습니다. 제가 쓴 소설을 좋아하는 사람도 있기 마련이지만, 싫어하는 사람도 분명히 존재합니다. 그리고 글을 쓸 때만큼은 누구와 만나지 않고, 규칙적인 생활을 통해 일정한 시간에 썼습니다."

교과서적인 인터뷰 답변 같지만, 여기서 주목할 점은 멜빌은 자신이 쓴 작품을 읽고 독자가 비평하거나 험담하더라도 신경을 쓰지 않았다는 것이다. 모비딕 이전의 작품도 호불호가 있다고 들었는데, 정작 자신이 쓰고 싶은 글을 계속해서 쓰다 보니 불세출의 작품이 탄생했다고 전해진다.

그렇다. 글을 계속 쓰기 위해서는 타인의 평가는 신경 쓰지 말아야 한다. 모든 글이 타인을 만족시킬 수 없다. 또 주변에서 뭐라고 내 글을 평가하는 사람은 자신과 가까운 지인, 친구, 가족 등이 대부분이다. 이미 나에 대해서 잘 알기 때문에 판단하고 한마디라도 더 한다고 보면 된다.

글쓰기를 시작하는 사람에게 다시 한번 부탁한다. 타인의 평가에 너무 연연하지 말자. 내가 쓰고자 하는 글에 독자를 돕거나 전달하고 싶은 메시지만 있으면 된다. 그 글을 읽고 판단하는 것은 결국 독자의 몫이다. 이미 내가 쓴 글은 내 손을 떠났다. 물론 좋지 않은 소리를 들으면 피곤할 수 있지만, 내가 명확하게 전달하는 글을 썼다면 그것으로 만족하면 된다.

이 글을 읽는 당신도 혹시 타인이 뭐라고 할까 해서 글을 못 쓰고 있는가? 인간관계도 모두 만족시킬 수 없는 것처럼 내 글을 좋아하는 사람만 생각하면서 그 평가에 너무 신경 쓰지 말고 그대로 살아 그대의 이야기를 매일 남기면 된다. 그게 모여 근사한 작품이 되니까.

이 순서만 지켜도 글쓰기가 쉬워진다

90년대 중반 고등학교 시절 속리산으로 학교 수련회에 가게 되었다. 지금과 달리 한 반에 50명이 넘었다. 문과 이과 반을 합쳐서 내 기억에 5~6개 반이 있었던 것으로 기억한다. 남녀 공학이지만, 남자 따로 여자 따로 수업을 들었다. 1~3학년 합쳐서 몇백 명이 되는 학생이 동시에 이동하다 보니 사람이 많았다.

차가 막혀서 몇 시간이 걸려 숙소에 도착했다. 모두 피곤했는지 선생님의 통제도 아랑곳하지 않고 너도나도 숙소로 달려갔다. 줄을 서지 않고 순서를 지키지 않았다. 부상자도 생겼다. 서로 뒤엉켜서 넘어지고 난리가 난 것이다.

뒤늦게 도착한 선생님이 각 학급 반장을 불러 놓고 야단쳤다. 왜 순서를 지키지 않냐고. 반장이 각 학생을 인솔해서 질서를 지켜야지 등 잔소리를 들었다. 돌아보면 재작년 가을에 있었던 이태원 참사도 마찬가지다. 사람들이 질서와 순서를 잘 지켰어도 막을 수 있었다.

글쓰기도 마찬가지다. 글을 쓰기가 어렵다고 하는 사람과 이야기 나누다 보면 이유를 알게 된다. 순서를 지키지 않거나 무시하고 그냥 생각 없이 쓰는 사람이 대부분이다. 지금 알려주는 순서만 지켜도 글쓰기가 쉬워진다.

첫째, 오늘은 무엇을 쓸 것인가?

가장 먼저 해야 할 일이다. 그냥 생각이 나는 대로 쓰는 일은 이젠 그만하자. 우선 개략적으로 어떤 주제를 쓸지 고민하거나 검색을 통해 정하자.

둘째, 그 주제로 어떤 사람을 위해 쓸 것인가?

타깃을 정한다. 분명히 오늘 쓰는 주제가 어려운 사람이 있다. 그런 사람들을 위해 오늘 주제로 쓰게 되면 도움이 된다.

셋째, 그 사람을 위해 어떤 메시지를 줄 것인가?

주제에 대해 오늘 독자에게 어떤 핵심 메시지를 줄 수 있는지 한 줄로 먼저 적어보자. 그 메시지를 결론부에 배치하자.

넷째, 그 메시지를 뒷받침하는 증거는 무엇인가?

그 메시지에 의미를 부여하기 위한 장치가 필요하다. 독자가 그 장치를 보고 이 메시지에 대한 확신이 들기 때문이다. 그 장치는 바로 작가의 직접 경험, 경험에서 느낀 감정, 타 책이나 영화 등에서 인용한 자료 등이 있다. 증거는 팩트 위주로 써야 한다.

다섯째, 어떤 구성 방식으로 쓸지 고민하자.

위 과정을 거쳤다면 이제 집필 전에 어떤 구성으로 쓸지 메모하자. 여러 글쓰기 책이나 강의를 참고하면 유용하게 쓸 수 있는 글쓰기 템플릿을 많이 구할 수 있다. 오늘 쓰는 글에 쓸 만한 템플릿을 골라서 활용하자.

여섯째, 분량을 정하고 끝까지 쓴다.

이제 집필하는 시간이다. 준비가 되었다면 끝까지 쉬지 않고 분량을 채우면서 쓰자. 초고는 양을 채우는 원고다. 맞춤법이 맞지 않든, 문장이 길어지든 상관하지 말고 쓰고 싶은 내용을 어떻게든 끝까지 쓰는 것이 중요하다.

일곱째, 초고를 읽으면서 고쳐 쓴다.

분량을 다 채웠다면 잠시 쉬었다가 자신이 쓴 글의 독자가 되어보자. 소리 내어 읽으면서 어색한 부분을 하나씩 고쳐 나가자. 문장이 길면 짧게 수정하자. 불필요한 조사나 형용사, 부사 등은 덜어내자. 메시지가 약하면 다시 수정하자.

위 7가지 순서만 잘 지킨다면 글쓰기는 반드시 쉬워진다고 확신한다. 무슨 일이든 원활하게 잘 돌아가려면 순서를 지키는 일도 중요하다. 요새 글쓰기가 어렵다고 느낀다면 위에 소개한 7가지 순서를 통해 한 편의 글을 완성해 보는 것은 어떨까? 인생도 글쓰기도 순서가 중요하다.

07

글쓰기가 좋은 날은 언제일까?

〈신세계〉라는 영화가 있다. 이정재, 최민식 등 기라성 같은 배우가 많이 나왔지만, 조연으로 나왔던 박성웅이란 배우의 임팩트도 상당히 컸다. 마지막 장면에 박성웅이 죽는 장면에서 유행어가 탄생한다. "거, 죽기 딱 좋은 날이네." 이 말을 남기고 장렬하게 사람들에 의해 떨어진다. 조직 폭력배를 미화한다는 좋지 않은 평가를 받기도 했지만, 새로운 한국형 누아르 장르를 개척했다. 개인적으로 몇 번 돌려보면서 참 재미있게 봤던 영화다.

가끔 오프라인으로 기관이나 학교 등에서 글쓰기 강의를 하고 있다. 글쓰기가 궁금해서 오는 사람이 대부분이다. 처음에는 눈을 반짝거리면서 강의에 집중한다. 나를 잡아먹을 기세다. 그런 눈빛이 좋다. 나도 지금까지 내가 배운 지식과 익힌 경험을 모두 나누어 주고 싶다. 열심히 떠들다 보면 어느새 2시간이 금방 지나간다.

처음 이글거린 그 눈빛은 사라진 지 오래다. 물론 듣는 수강생 중 한두 명은 이제 금방 쓸 수 있겠다고 웃으면서 강의장을 떠난다. 글쓰기 연습을 하려면 바로 강의가 끝난 후 후기를 써야 한다고 부탁한다. 수강생 중 반은 나중에 쓰겠다고 하면서 나간다. 그런 사람 중에 후기를 쓰는 사람은 없었다. 내 말을 끝까지 잘 따라준 수강생은 후기도 정성스럽게 써준다. 후기를 받고 나서 마지막에 물어본다.

"이제 바로 집에 가면 오늘 자기 전에 글 하나 쓰실 수 있겠지요?"

대답이 없다. 다시 똑같이 물어본다. 여전히 "예"라는 대답은 없다. 조용하다. 당장 못쓰는 이유는 지목해서 물었다. 지목당한 수강생이 대답했다.

"수업 듣고 나니 피곤하네요. 집에 가면 바로 잘 것 같아서요. 좀 쉬고 나서 쓰려고요."

"그냥 주무시겠네요. 내일도 못 쓰실 것 같은데요?"

그 말을 들은 수강생은 같이 웃는다. 아마도 글을 쓰는 일은 한참 후에 걸릴 것 같다. 다른 한 사람을 다시 지목해서 똑같이 질문했다. 그녀는 이렇게 대답했다.

"아직 아이가 어려서요. 아이가 좀 더 크면 쓰려고요."

"아이가 몇 살인가요?"

"초등학교 3학년과 6살이요."

"아직 엄마의 손길이 필요한 나이지만, 그래도 혼자서 할 일은 할 수 있는 나이인데요? 아이들 학교나 유치원 보내고 남는 시간에 쓰세요."

"집중이 되지 않아요. 아이들이 중학교는 가야 시간이 날 것 같아요."

더 이상 물어보지 않았다. 몇 분 더 물어보니 이렇게 대답했다. "쓸 이야기가 없네요.", "지금 건강이 좋지 않아서 쓸 여유가

없네요.", "먹고살기도 팍팍한데 글 쓰는 시간이 있을까요?" 등
이다. 그러면 대체 왜 글쓰기 강의를 들으러 온 것일까? 그렇게
글을 쓸 시간을 내는 것 자체가 힘든 상황에서.

이 글을 읽고 있는 당신에게 물어보겠다. 당신이 글을 쓰기
좋은 날은 과연 언제인가? 이 질문에 제대로 대답할 수 없거나
부정적이라면 당연히 글쓰기에 관심이 없는 사람이다. 단지 글
쓰기나 책 쓰기로 돈을 벌 수 있다는 얄팍한 생각으로 접근하다
보니 더 이상 나아가지 못한다.

나도 직장인이다. 아침에 일어나 출근하여 9시부터 6시~7시
까지 일한다. 출장도 많다. 퇴근하면 빨라야 저녁 8시다. 저녁 먹
고 아이들 챙기다 보면 벌써 10시다. 글 하나 써보려고 하는데,
눈이 감긴다. 몸도 천근만근이다. 키보드에 손을 올렸는데 타자
를 칠 힘이 없다. 그래도 작가가 되고 싶어서 어떻게든 하루 한
편은 쓰고 싶었다. 말도 되지 않는 글이지만, 최선을 다해 생각하
고 또 생각하며 썼다.

내가 생각하는 글쓰기 좋은 날은 언제일까? 답은 다 알고 있

다. 너무 뻔해서 뭐라 할지 모르겠다. 생각난 그 시점부터 바로 지금 쓰는 것이다. 아니면 어떻게든 하루 중에 자신이 집중이 제일 잘되는 30분이나 1시간 정도를 비워놓고 짧게라도 쓰면 된다. 지금 당신이 머문 시간과 공간이 가장 좋은 글쓰기 타이밍이다.

펑계나 변명하지 말고, 글을 쓰기로 마음먹었다면 못 쓰더라도 일단 지금부터 한 줄이라도 쓰자. 하루 한 편 쓰지 않는다고 죽지 않지만, 그래도 작가가 되기로 마음먹었다면 오늘 자기 전에 2~3줄이라도 *끄적*이자. 오늘도 글쓰기 좋은 날이다.

08

당신의 글쓰기를 방해하는 가장 큰 한마디

"술 마신 지 얼마 안 된 것 같은데 금방 취하네. 체력이 약해졌나 보다."

30대 초반 계속되는 야근과 밤샘 근무로 매일 몸이 피곤했다. 스트레스도 많다 보니 매주 금요일이 되면 바빠도 일찍 퇴근해서 사람들과 만나서 술 한 잔하는 것이 유일한 낙이었다. 같은 분야지만 서로 다른 회사에서 근무했던 친구와 선후배를 만나서 이런저런 이야기 나누면서 술잔을 기울였다.

"아무래도 운동을 해야 할 것 같아."
"너 그 말만 벌써 3년이 넘었다. 언제 할 건데? 말만 하고 또

안 할 거잖아."

"아니야. 이번에는 무조건 할 거야."

"거짓말, 너 술도 더 이상 안 마신다며? 어떻게 삼일을 못 넘기냐? 의지 약한 놈아. 그냥 그런 이야기를 하지 마."

"이번에는 한다니까!"

"또 급발진이냐? 무슨 말을 못 하겠다."

친구는 나에 대해 너무 잘 알고 있었다. 친구가 틀린 말을 하는 것이 아니다. 또 혼자 욱해서 그에게 막말을 퍼부었다. 친구는 한숨 쉬며 다른 친구에게 술을 건네고 나를 피했다. 혼자 빈 잔에 술을 따르고 입술을 깨문 후 한 잔 마셨다. 주말에는 꼭 헬스장에 등록한다고 다짐하고, 행동으로 옮기지 못했다. 나중에 한가해지면 다시 등록해야겠다고 미루었다. 그리고 다시 시간은 흐르고, 4년이 지난 36살이 되어서야 헬스장에 등록하고 운동을 시작하게 되었다.

어린 시절부터 매번 무엇을 하고 싶은 것이 생기면 고민이 많았다. 내가 좋아하거나 재미를 느끼는 것은 쉽게 시작했지만, 관심이 없는 분야는 생각만 하다가 항상 나중에 시간 나면 해야겠다고 미루었다. 자꾸 차일피일 미루다 보니 시간만 지나고, 왜 그때 하지 않았을까 하는 후회와 아쉬움이 생겼다.

처음 글쓰기를 시작할 때도 고민이 많았다. 회사 업무가 바빴지만, 매출이 없어서 월급이 밀려 생활고에 시달리는 중이었다. 먹고사는 문제도 빠듯한데, 이 와중에 글을 쓴다는 것이 사치라고 생각했다. 나중에 괜찮아지면 써야지라는 생각이 계속 들었다.

그렇게 며칠 보냈는데, 마음 한구석이 찜찜했다. 지금 쓰지 않으면 영원히 또 쓰지 못하겠다는 느낌이 자꾸 들었다. 죽을 때까지 나에게 한가할 시간은 없을 것 같았다. 어떻게든 지금부터 시간 내서 써야겠다고 다짐했다. 그리고 바로 노트북을 켜고 자판을 두드렸다. 아마 그때 시작하지 않았다면 지금도 언젠가 글을 써야겠다고 생각만 했을지 모른다.

내가 글을 쓰면서 책을 출간하는 모습을 오랫동안 지켜본 지인이 있다. 두 번째 책 〈미친 실패력〉 출간 후 강연하는 모습을 보고 자신도 한 번 글을 써봐야겠다고 만날 때마다 이야기했다. 그러나 10년이 지난 지금까지 그는 단 한 줄도 쓰지 않고 있다.

가끔 연락할 때마다 글은 잘 쓰고 있냐고 물어보면 다른 대답으로 얼버무린다. 지금 일이 너무 바빠서, 가족과 해외여행을 가야 해서, 과연 쓴다고 돈이 될까 하는 의심까지 온갖 변명으로 나중에 쓰겠다고 미루었다. 내 기준으로 그는 절대로 글을 쓰지 않을 것이라 확신한다.

시간은 기다려주지 않는다. 누구에게나 공평하게 주어지는 시간이다. 현대를 살아가면서 안 바쁜 사람을 본 적이 없다. 그러나 그중에서도 분명히 성과를 내는 사람은 어떻게든 자신의 시간을 쪼개서 하고 싶은 것을 바로 실행했던 사람이다. 글쓰기도 마찬가지다. 당신의 글쓰기를 방해하는 가장 큰 한마디가 바로 "나중에", "한가해지면 할게." 등이다. 미루는 습관은 인생에서 당신이 지금 당장 성과를 낼 수 없게 만드는 가장 큰 방해 요소이다.

지금 글을 쓰고 싶다면 당장 오늘부터 시간 내서 조금이라도 써라. 지금부터 쓰면 1년 안에 당신의 작품이 나올 수 있을지 모른다.

CHAPTER
03

제 3 장

책 쓰기 과정의
모든 것

글쓰기/책 쓰기에서 가장 중요한 한 가지

아침마다 일기를 쓰고 있다. 아무도 모르는 노트 한 권을 꺼내어 내가 쓰고 싶은 글을 마음대로 쓴다. 내 글쓰기 스승님이신 이은대 작가의 강의를 듣자마자 몇 달째 다시 일기를 쓰기 시작했다. 나를 서운하게 했던 사람에 대한 감정, 그날에 있었던 사건의 흐름 등을 생각나는 대로 썼다. 사실 이렇게 쓴 일기는 타인에게 보여줄 수 없다. 너무 가감 없이 쓴 글도 많다. 타인을 비방하거나 날 것의 글도 있어서 남이 읽는 자체가 부끄럽다.

글을 쓰고 싶어 하는 사람이 많다. 그들이 나에게 어떻게 글을 쓰기 시작했는지 물어보면 이렇게 대답한다. 일상에서 일어난 사건, 어떤 사람을 만나서 무슨 이야기를 나누었는지, 오늘 식사로 무엇을 먹었는지 등을 써본다. 거기에서 느낀 감정도 같이 적어주면 금상첨화다. 이렇게 조금씩 매일 일기를 쓰다 보면 글을 쓰는 행위가 익숙해진다. 무엇이든 익숙해지면 두려움이 처음 시작할 때보다 작아진다.

이제 조금씩 익숙해졌다면 아마 책 한 권 출간하고 싶은 작가의 꿈을 가지게 된다. 하지만 또 난관에 부딪힌다. 책을 써야 하는데, 어떻게 해야 할지 막막하다. 여기서 이제 관점을 바꾸어야 한다. 지금까지 일기 형식의 글을 썼다는 것은 나 위주의 글을 썼다는 의미다. 타인을 고려하지 않은 글이다. 이제부터 제대로 글을 쓰려면 독자를 위한 관점으로 전환해야 한다.

추후 내가 출간하는 책은 독자의 선택을 받아야 한다. 서점에 깔린 수많은 책 중에 한 명의 독자가 자신의 책을 구입해서 읽는다는 것은 기적이다. 가장 중요한 한 가지가 바로 독자를 위한 글을 써야 한다는 점이다. 단 한 명의 독자가 아니라 수많은 독자를 사로잡을 수 있는 그런 책을 쓰는 마음으로 접근해야 한다.

첫째, 독자를 위한 글을 어떻게 써야 하는가?

우선 독자가 읽기 쉬운 글이어야 한다. 같은 콘텐츠라도 아주 어렵게 풀어내어 쓴 글은 독자가 외면한다. 보통 그런 책은 저자가 자신만이 알고 있는 단어로 쓰기 때문에 독자가 읽어도 이해할 수 없다. 어떤 콘텐츠든 책으로 풀어낸다면 모든 사람이 쉽게 이해할 수 있는 언어로 풀어내야 한다.

둘째, 독자에게 도움이 될 수 있는 메시지가 꼭 있어야 한다.

독자는 자신이 선택한 책을 읽고 어떤 도움이나 위로, 해결책 등을 받고 싶어 한다. 저자가 겪은 경험을 어떻게 극복했는지. 투자 방법은 어떤 형태로 하여 성과를 냈는지, 저자만의 노하우가 있는지 등 독자 스스로 궁금한 사항에 대해 도움을 얻고자 책을 읽는다. 그러면 저자는 어떤 문제가 있는 독자층을 잘 고려하여 자신이 가진 경험과 지식을 잘 써서 독자에게 도움을 줄 수 있으면 된다.

셋째. 독자들이 원하는 콘텐츠를 써야 한다.

독자에게 도움이 된다고 자신이 쓰고 싶은 주제로 쓰면 되지 않는다. 현시대 트렌드가 맞고, 어떤 어려움이나 문제가 있는 독자가 있는지 등을 기획 단계부터 철저하게 조사해야 한다. 그들의 문제점을 해결하거나 감정을 어루만져 줄 수 있는 콘텐츠로 쓴다면 독자의 선택을 받을 확률이 높다.

작가는 독자의 대변인이다. 독자가 원하는 글을 작가가 대신 써주고, 그들을 어루만져 준다고 생각하면 이해가 쉬울 것이다. 사실 나도 여러 권의 책을 출간했지만, 여전히 독자가 원하는 콘텐츠를 찾고 있다.

시대가 계속 바뀌면서 그들이 원하는 콘텐츠도 바뀐다. 하지만 무엇보다 중요한 것은 콘텐츠가 좋아도 독자를 위한 글이 아니라면 더 이상 책 쓰기로 연결되지 않는다. 오늘부터라도 글을 제대로 쓰고 싶다면 독자를 위한 글을 쓰기로 마음먹자.

어떤 주제로 쓸 것인가?

"도저히 쓸 이야기가 없어요. 저는 너무 평범한 삶을 살아왔거든요. 인생의 굴곡이 없었던 것 같아요."

2024년 초 백화점 문화센터 전자책 강의가 끝나고 한 수강생이 이런 이야기를 꺼냈다. 책을 쓰고 싶지만, 아무리 생각해도 자신은 쓸거리가 없다고 판단한 모양이다. 다시 내가 그에게 물었다.

"아무리 평범한 삶이라도 인생의 고비는 한 번씩 겪을 텐데. 그런 적이 없었나요?"
"고비는 있었던 것 같은데, 잘 극복해서 그게 나에게 힘든 일인지 잘 모르겠어요."

"어떤 고비인지 모르겠지만, 그 고비를 겪게 된 계기와 고비를 겪으면서 힘들었던 감정, 그것을 극복할 수 있었던 노하우 등을 쓰면 한 권의 책이 될 수 있습니다."

"정말 크지 않은 고비인데도 그것이 가능할까요?"

"제가 쓴 내용도 타인이 보면 별것 아닌 경험이라고 욕하는 사람도 있었습니다. 누구나 자신의 이야기가 있으면 작품을 만들 수 있습니다."

"와! 그렇군요. 제가 겪었던 그 경험도 글로 풀 수 있겠네요."

"선생님의 그 경험을 모아 책으로 출간하면 그것을 읽는 어떤 독자는 분명히 도움을 받을 겁니다."

그 말을 들은 수강생의 눈빛이 반짝거렸다. 뭔가 자신도 할 수 있겠다고 확신이 든 모양이다. 미소를 지으면서 자리에 앉았다. 나는 다시 앉아 있는 수강생들에게 말을 이어 나갔다. 책으로 만들 수 있는 주제를 한 번 같이 나누어 보았다. 책 쓰기 소재가 될 만한 것을 한번 오늘 다시 한번 정리해 보자.

첫째, 내가 겪은 아픔이나 상처를 쓴다.

인생에 한 번쯤 고통스러운 순간이 온다. 실직, 사업이나 투자 실패로 인해 전 재산을 잃어버리는 경험, 이별, 사별, 이혼 등으로 상처를 받거나 아픔을 겪는다. 타인에게 보이고 싶지 않은 이야기지만, 그것에 의미를 부여하여 이야기로 만들면 독자에게 메시지를 줄 수 있다.

둘째, 어떤 분야에서 성과를 낸 경험을 쓴다.

부동산 투자에서 성공하거나 실패한 경험, 자신의 이름으로 된 책을 쓰고 출간한 경험, 아이를 낳고 키우는 경험, 한 곳에서 20년 넘게 직장생활을 하고 있는 경험 등 어떤 분야에서 성공하거나 실패했던 모든 것이 성과이다. 당신이 이룬 성과에 관심 있는 독자는 당신의 이야기에 도움을 얻을 수 있다.

셋째, 내 일상의 흔적을 쓰는 것이다.

지금까지 살면서 잊지 못할 추억, 첫사랑의 기억, 현재 일상을 살면서 느끼고 겪었던 감정 등을 솔직하게 쓴다. 여기에 의미를 부여하여 독자에게 메시지를 주면 작품이 된다.

넷째, 내 삶의 철학과 가치관을 한번 정리해 보자.

지금까지 살면서 내가 배우고 느낀 인생의 철학을 정리하자.

동양고전과 서양철학의 이론과 섞어서 같이 공유할 수 있다면 독자에게 더 많은 메시지를 줄 수 있다.

다섯째, 외국 여행, 육아 등 생활 경험을 쓴다.

아이를 데리고 해외나 국내에서 한 달 살기, 회사를 그만두고 1년 넘게 세계여행을 하는 경험, 세 아이를 낳고 키우면서 희로애락을 겪었던 경험 등도 자신만의 이야기가 된다. 그 이야기를 솔직하고 담담하게 표현할 수 있다면 작품을 만들 수 있다.

여섯째, 지금까지 봤던 책이나 영화와 자신의 경험을 엮어본다.

자신에게 인상 깊었던 책이나 영화를 한 번 모아보고, 거기에 맞는 자신의 이야기를 쓴다.

다른 주제도 많지만, 위 6가지 주제 중 하나를 골라 자신의 이야기를 쓰면 된다. 이 세상에서 살아가는 사람 중에 이야기가 없는 사람은 없다. 누구나 자신의 이야기가 있으면 작품을 만들 수 있다. 이 글을 읽고 있는 당신도 오늘은 한 번 내 이야기를 찾아보자. 당신의 근사한 작품을 독자는 언제 어디서든 기다리고 있다.

독자의 가슴에 불을 어떻게
불을 지필 것인가?

2023년 남궁민 배우가 열연하는 〈연인〉이란 드라마를 즐겨봤다. 병자호란을 무대로 두 남녀 주인공의 절절한 사랑 이야기를 그려낸 작품이다. 남궁민 배우의 액션, 멜로 연기 등이 아주 물이 올랐다. 사실 그가 출연했던 예전 드라마도 재미있게 시청했다. 그중의 하나가 바로 프로야구 단장 역할로 나왔던 〈스토브리그〉다.

〈스토브리그〉에 나왔던 명대사가 하나가 떠올랐다. 글을 쓰면서 그 명대사가 계속 내 가슴에 남았다. 글감 노트에 따로 적어놓고 생각날 때마다 찾아보는 구절이다. 소개하자면 아래와 같다.

"감독이라면 경기장에 찾아온 관중들의 가슴속에 불을 지필수 있어야죠."

이 구절을 작가를 기준으로 나만의 한 문장으로 만들어 보았다.

"작가라면 내 글을 읽는 독자들의 가슴속에 불을 지필 수 있어야죠."

공감한다. 작가가 되겠다고 하는 사람들은 이제 자신이 쓰고 싶어 하는 글이 아닌 독자가 원하는 글을 써야 한다. 독자는 그 작가가 쓴 글을 보고 도움을 받거나 위로를 얻기도 한다. 솔루션을 제공받을 수 있다. 여기에 더 나아가 독자들의 가슴속에 불을 지필 수 있다면 더 금상첨화 아니겠는가? 독자의 가슴속에 불을 지피기 위한 글쓰기 방법은 무엇이 있는지 한번 알아보자.

첫째, 내 감정을 더 깊게 파고들어 탐색하면서 써본다.
독자가 그 글을 읽으면서 감정이입을 하는 경우는 자신 내면과 연결되었을 때다. 독자의 내면을 건드리기 위해서는 작가는 단순히 있었던 사실이나 경험을 나열하는 것이 아니라, 자신의 감정을 좀 더 깊게 파고들어 독자들에게 보여주듯이 세부적으로 묘사해야 한다. 독자는 묘사된 글을 읽으면서 작가와 한 몸이 된다.

둘째, 평범한 일상이지만 특별함이 있는 메시지를 찾는다.

사람들은 굴곡이 있거나 대단한 사건이 일어나야 그 속에서 찾는 감동이 더 있다고 생각한다. 물론 틀린 이야기는 아니다. 전쟁이나 테러 등에서 안타깝게 죽은 사람들의 이야기에 독자들은 흘리기도 한다. 하지만 가장 평범한 순간 가장 감명을 받기도 한다. 일상생활에서 발견되는 아름다움과 어떤 순간에 밀려드는 환희 등에서 좀 더 특별한 메시지와 감정을 독자들에게 전달할 수 있다.

셋째, 진심을 담아 솔직하고 담담하게 쓴다.

역시 독자의 마음을 가장 움직이게 하는 것은 작가의 진정성이다. 글에는 작가의 목소리가 담겨있다. 한 편의 글을 써서 독자에게 어떤 메시지를 줄지 고민했던 흔적이 그 글에 남아 있다면 읽는 독자는 오히려 더 작가에게 동질감을 느낄 수 있다. 투박하더라도 진심을 담아 쓴다면 반드시 독자에게 울림을 줄 수 있다.

다른 방법도 많지만 위 세 가지 방법을 이용하여 독자의 가슴에 불을 지필 수 있었다. 아직도 부족하지만 세 가지 중 마지막 세 번째에 가장 많이 집중하면서 글을 썼다. 진정성 있게 쓴다면 어떤 글이라도 독자에게 내 진심과 감정이 잘 전달될 수 있다고 믿었다. 또 평범한 일상에서 특별한 메시지를 찾을 수 있는 것도 독자에게 감동을 줄 수 있다. 앞으로도 독자들에게 불을 지필 수 있는 글을 쓰고 싶다. 그렇게 될 수 있도록 매일 조금씩 쓰자.

목차는 어떻게 구성할 것인가?

　　서점이나 도서관에 가서 읽을 책을 고를 때 기준은 사람마다 다르다. 하지만, 목차를 보고 사거나 빌리는 기준은 비슷할 것이다. 그만큼 책에서 가장 큰 비중을 차지하는 분야가 목차다. 이 책에서 내가 원하는 정보가 무엇이 있는지, 어떤 문제가 있는데 해결책을 찾을 수 있는 챕터가 어디에 있는지 등을 확인한다. 자신이 찾는 내용이 있으면 당연히 그 책을 먼저 선택한다.

　　또 목차를 잘 구성하면 초고를 쓰기가 더 수월하다. 자신이 쓰고 싶은 주제와 콘셉트를 잘 잡았다 하더라도 그냥 막 쓸 수 없다. 목차는 책을 이루는 뼈대가 된다. 그 뼈대를 하나씩 잘 쌓아야 책이 더 튼튼해지기 때문이다. 그만큼 목차를 잘 짜게 되면 책 쓰기의 50%가 끝났다고 볼 수 있다.

보통 책 쓰기의 목차는 챕터(Chapter)라고 불리는 장 제목과 각 꼭지로 이루어진다. 챕터(Chapter)는 보통 5~6개로 구성한다. 1개의 챕터에 보통 6~7개 꼭지로 나누고, 전체 책 한 권이 되기 위해서는 약 40개 전후의 꼭지에 원고를 써야 한다.

책을 쓰다 보니 장르별로 다르게 목차를 나누기도 하지만, 소설이나 시 등 문학을 제외한 비문학 장르 책의 목차 구성은 보통 다음과 같다. 전체 책 목차는 기-승-전-결이 하나로 완성하면 좋다. 세부적으로 각 챕터마다 어떤 내용이 들어가면 좋은지 한 번 알아보자.

1장은 이 책의 주제에 대해 쓰게 된 동기나 자신의 과거 이야기 등을 언급하면 좋다. 2장에서 독자에게 이 책이 왜 필요한지, 문제가 어떤 것이 있는지 등을 1장과 연결하여 엮으면 된다. 3~4장에서 주제와 관련된 자신의 경험과 노하우, 실제로 실천할 수 있는 방법 등을 세부 주제로 정리하면 된다. 5~6장에서 책 주제에 대해 한번 다시 정리하고, 그것이 주는 변화를 주는 결과와 다른 사람의 예시 등을 언급하면 좋다.

좀 더 구체적으로 에세이 장르는 위에서 언급한 일반적 목차 구성도 괜찮지만, 각각의 이야기가 독립적으로 구성될 수 있다. "관계"에 관한 책이지만, 그 주제를 이루는 소 꼭지 원고는 각각 다른 사람과의 이야기를 통해 전개될 수 있다. 독자에게 전하는 메시지가 별도로 각 꼭지에서 전달해도 효과가 있기 때문에 병렬식 구조로 목차를 짜도 좋다.

거꾸로 자기 계발서 인문, 실용서 등은 독자의 어떤 문제를 해결하거나 지식과 노하우를 전수하는 데 중점을 둔다. 쓰고 싶은 주제에 대한 문제점과 필요성, 해결책의 순서로 목차를 짜면 된다.

목차를 짜게 되면 각 챕터나 꼭지의 제목도 중요하다. 처음 목차를 짤 때부터 쓰고자 하는 원고 내용에 어울리는 키워드를 하나 먼저 적자. 그리고 그에 맞게 독자를 확 끌어당길 수 있는 제목을 지어본다. 내가 가장 많이 사용했던 방법을 나눠본다. 약

10년 전 유행했던 베스트셀러 책의 제목을 참고했다.

베스트셀러가 되면 많은 사람이 책 제목이나 그 안 목차 제목도 많이 봤다는 증거다. 그 제목을 참고해서 자신만의 주제에 맞게 변형해서 써도 좋다. 광고 카피를 살펴보고 차용한 적도 있다. "사랑한다면 카페라테처럼" 등을 사용해서 다른 제목으로 써 본적도 있다.

주제에 대해 계속 생각하고, 주변 친구나 지인들과 아이디어를 나누어도 좋다. 요새 서점이나 도서관에 유행하는 책 제목을 참고해도 좋다. 어쨌든 목차 제목도 추후 독자들이 이 책을 선택할 수 있는 하나의 고려 요소가 된다.

혼자 짜기 어렵다면 요새 유행하는 생성형 AI를 이용하는 것도 좋다. 가장 잘 알려진 CHATgpt에 쓰고 싶은 주제와 목차 구성에 대한 질문을 한번 해봐도 참고할 수 있다. 목차는 초고를 쓰기 전 가장 중요한 작업이다. 시간이 걸려도 좋으니 내용을 잘 참고해서 주제를 찾았다면 목차를 구성하는 데 시간을 들여야 한다.

초고가 왜 쓰레기일까?

글을 쓰겠다고 마음먹은 사람이 있다. 글쓰기 책도 읽고, 강의도 듣고 나니 어떤 글도 쓸 수 있겠다는 자신감이 생긴다. 노트북을 켜고, 한글창을 연 후 바로 자판을 치기 시작한다. 세 줄 정도 쓰다가 잠시 멈춘다. 한참 동안 모니터를 쳐다보다가 머리를 손으로 감싸고 이렇게 혼자 중얼거린다. 고개를 절레절레 흔들면서.

"내가 제대로 쓰고 있나? 이렇게 쓰고 있는 것이 맞는 건가?"
"분명히 책과 강의에서 배운 내용대로 적용하고 있는 것 같은데 아닌가? 에라 모르겠다."

여기서 중요한 지점을 만난다. 바로 '에라 모르겠다.'라는 표현이다. 고민하다가 이 지점까지 왔다면 두 가지 선택사항이 생긴다. 멈추던가? 계속 쓰던가? 둘 중 하나다. 하나 더 있다면 잠시 멈추었다가 내일 다시 쓰던가? 어쨌든 많은 사람이 전자를 선택한다. 멈추고 지운다. 다시 써야겠다고 마음먹기 때문이다.

하지만 쓰다 지우다 반복하다 보면 계속 악순환에 빠진다. 제대로 쓰지 못하고 지치게 된다. 나도 처음 글을 쓸 때 그랬다. 이런 행위가 한두 번 정도는 괜찮지만, 계속 반복되면 결국 글쓰기를 포기하게 되는 이유가 된다. 3줄 이상 쓰지도 못하는데, 무슨 내가 글을 쓰겠다고 자책한다.

우리가 이렇게 처음 쓰는 원고를 보통 '초고'라고 한다. 24시간 바쁘게 살아가는 많은 사람은 하고 싶은 게 많다. 매일 한 편의 글을 연습하라고 하니까 무슨 일이 있어도 꼭 지키고 싶다. 이렇게 하고 싶은 일이 많은데, 시간은 한정되어 있다. 그 시간을 쪼개서 다 하려고 하니 마음이 조급해진다. 나도 예외는 아니다. 아무리 바빠도 글쓰기는 거르고 싶지 않기 때문이다.

글쓰기가 수월해지기 위해서는 초고가 가진 의미를 바꾸어야 한다. 초고를 쓴다는 것은 주제를 찾고 자료를 수집하여 어떻게 써야 할지 기획한 것을 구성하는 것이다. 많은 작가들이 '초고가 쓰레기이다.' 라고 외치고 있다. 헤밍웨이가 그랬다. 〈해리가 샐리를 만났을 때〉의 노라 에프턴도 "초고는 자유로운 시간을 펼치는 시간이다."라고 했다. 왜 그런 소리를 했는지 이유는 다음과 같다.

초고는 완벽한 글이 아니다. 한 번에 완벽하게 쓰려고 하다 보니 자꾸 초고의 딜레마에 빠지는 것이다. 자신이 생각한 아이디어와 찾은 자료를 바탕으로 개략적으로 분량을 채운다고 생각하면 된다. 창작의 자유로 자유롭게 풀어내면서 문장이 길어지거나 맞춤법, 띄어쓰기는 틀려도 상관없다. 초고를 잘 쓰기 위한 방법을 다시 소개한다.

첫째, 아무런 생각 없이 자유롭게 쓴다.
기획 단계에서 어떻게 쓸지 구성 방식 정도만 생각한다. 처음부터 문장을 짧게 쓰고, 이 글에 어울리는 단어를 생각하지 말자. 내 머릿속에 떠오르는 대로 그냥 닥치고 쓰자. 나도 글을 쓸 때는 생각나는 대로 우선 자판을 치면서 써 내려간다.

둘째, 자신이 쓸 수 있는 분량만큼 쓰자.

초고는 분량을 채우는 것이 가장 중요하다. 완벽하지 않은 원고라 하더라도 완성은 해야 한다. 그래야 몇 번의 퇴고를 거쳐 더 좋은 글을 완성할 수 있기 때문이다. 자신이 쓸 수 있는 분량만큼 어떤 일이 있더라도 채워야 한다.

셋째, 시간제한을 두고 써야 한다.

두 번째에서 언급한 분량을 채울 때 마감 시간을 정해놓고 꼭 써야 한다. 마감 시간을 정하지 않으면 분량을 채우는 일이 더 어렵다. 30분 또는 1시간 정도 타이머로 설정하고 그 시간 안에서 완벽하지 않더라도 쓰는 연습을 하면 좋다.

넷째, 완벽주의를 버리자.

초고 하나로 완벽한 글을 끝내겠다고 생각하면 안 된다. 아이디어와 구성 위주로 초고를 쓰고 다시 한번 읽고 '고친다.'라는 마인드를 가지고 쓰자. 어색한 단어나 비문이 생기더라도 개의치 말고 끝까지 쓰는 자세가 제일 중요하다.

이 네 가지 방법을 다시 상기하면서 오늘 쓰고 있는 블로그 글이나 책 쓰기 원고의 초안을 써보자. 아마 이전보다 초고를 쓰는 것이 좀 더 수월해질 것이다. 만화나 영화, 그림 등 예술 작품의 초안을 만드는 일은 비슷하다. 우선 초안을 만들고 그것을 다시 수정하고 보완하는 작업을 수없이 거친다. 그래야 더 근사한 작품을 만날 수 있기 때문이다.

지금 초고를 쓰고 있다면 멈추지 말고, 일단 분량을 채우자. 그리고 고치면 된다. 글쓰기로 고민했던 그대, 이제 마음이 편해졌는가?

출판사 계약의 모든 것

일반 사람들도 쉽게 책을 출간하는 시대다. 자신이 가진 지식과 경험이 있다면 그것을 콘텐츠화시켜 잘 엮어 글로 쓰면 책을 낼 수 있다. 나도 지금까지 해왔던 일, 잘할 수 있는 일, 관심 있는 분야 등에서 다양한 형태의 주제를 콘텐츠화시켜 책 쓰기에 도전하고 있다. 기존의 종이책 말고 전자책 쓰기도 이제 보편화되었다. 책을 쓴다고 하면 종이책과 전자책 중 어떤 것을 쓰냐고 묻는 경우도 많아졌다.

전자책과 종이책은 분량이나 재고 처리, 인세 비율 등에 따라 차이는 있다. 보통 분량도 종이책이 전자책보다 많다. 한글 A4 프로그램을 사용하여 글자크기 10, 자간 160% 기준으로

80~100장 정도의 원고를 써야 한다. 35~40개 꼭지 분량이다. 1 꼭지를 보통 2장 내외로 써야 한다. 2장을 쓰는 것도 쉽지 않은 데, 2장의 18~20배를 완성하는 것 자체가 한숨이 먼저 나온다. 책 출간을 위해 쓰는 원고는 정말 끈기가 필요한 작업이다.

이렇게 분량을 채우기 위해 처음 쓰는 원고를 초고라고 지칭한다. 어떻게든 포기하지 않고 초고를 완성하면 책 쓰기의 8부 능선은 넘은 셈이다. 그만큼 초고가 완성되면 그다음 단계는 출판사 투고, 계약, 퇴고, 출간의 순서로 진행하면 끝난다.

초보 작가들은 보통 100개 이상 출판사에 투고한다. 투고한 원고를 검토해서 마음에 들면 출판사에서 작가에게 연락을 주게 된다. 계약을 바로 할 수도 있지만, 보통 출간 계약 전 사전 미팅을 가진다. 이후 서로 간의 이야기가 잘 되어 계약조건을 조율하고 계약서에 도장을 찍는다. 서로 계약서를 한 장씩 가지게 되면 출간 계약이 성립이 된다. 종이책 출간 시 계약 형태는 다음과 같다.

1) 기획출판
작가가 내는 돈 없이 출판사에서 1쇄 부수에 대한 선인세를 받는 개념이라고 보면 된다. 가장 이상적인 계약형태이다. 작가는 따로 부담하는 비용은 없다. 초보 작가라도 콘텐츠가 참신하거나 이전에 없던 원고라면 기획출판의 가능성은 높아진다. 또는 원고가 평범해도 sns에서 이웃이 많거나 인플루언서가 되어도 계약 확률이 높다.

2) 반기획출판

요새 출판사도 사정이 좋지 않아 작가에게 원고 인쇄 비용을 요구하기도 한다. 이럴 때 출판사는 서점 유통 및 마케팅 등의 비용을 부담한다. 이렇게 반반 부담으로 하는 계약이 반기획 출판이다. 반기획출판을 아예 대놓고 하는 출판사도 많아지고 있다. 초보 작가는 반기획 출판으로 책을 내는 것도 나쁘지 않다고 생각한다. 비용을 투자하고 기획출판 보다 인세비율을 더 높게 책정하기도 한다.

3) 자비출판

작가가 오로지 100% 자신의 비용을 부담하여 출간하는 형태이다. 회고록이나 자서전 등을 내서 지인들에게 나누어주고 싶다면 추천하고 싶다.

4) 독립출판

자신이 1인 출판사를 차려서 원하는 책을 출간할 수 있다. 다만 제작, 영업, 마케팅 등을 혼자 다 처리해야 하는 단점이 있다. 출판사에 투고하는 것이 싫은 사람에게 적당한 출판 형태라고 생각한다.

위 4가지 형태는 글을 써 본 사람이라면 누구나 한 번쯤을 들어봤을 것이다. 종이책을 쓰는 과정도 보통 기획부터 출간까지 짧게는 6개월에서 길게 1년 정도 걸린다. 그만큼 만만한 작업은 아니다. 지금 책 원고를 쓰는 사람이라면 한번 출판사 투고 후 계약 전에 위 사항을 한 번쯤 체크해 보길 바란다. 부디 자신이 가진 이야기로 좋은 출판사를 만나 세상에 널리 알릴 수 있는 작가가 많아지길.

07

퇴고는 어떻게 할 것인가?

■ 헤밍웨이도 정말 400번의 퇴고를 거쳤을까?

〈누구를 위하여 종이 울리나〉, 〈무기여 잘 있거라〉, 〈노인과 바다〉로 잘 알려진 헤밍웨이는 미국의 유명한 소설가이다. 어린 시절에는 입시 때문에 어쩔 수 없이 그의 글을 접하게 되었다. 하지만 나이가 들어 다시 읽게 된 헤밍웨이의 책은 나에게 인생에 대해 많은 생각을 하게 해 주었다. 또 그의 문장을 따라 쓰면서 글쓰기를 연습하기도 했다.

헤밍웨이는 "자신이 쓴 문장이 무슨 말을 하는지 모르면 무슨 소용이 있습니까? 문장에 필요한 모든 것을 담으려고 노력하면서 가능한 한 짧게 쓰려고 합니다." 라고 말한 적이 있다. 그는 문장을 복잡하고 길게 설명하는 것보다 간결하고 단순하게 쓰려고 노력했다. 특히 헤밍웨이가 글쓰기에서 가장 강조한 것이 퇴고였다. 퇴고란 처음 쓴 원고, 즉 초고를 계속 수정하는 작업을 말한다.

〈노인과 바다〉를 최소 400번 이상 퇴고하고 출간했다고 전해진다. 나는 과연 헤밍웨이가 진짜로 400번을 퇴고했는지 궁금했다. 헤밍웨이의 꼼꼼한 성격이라면 충분히 하고도 남았을 거라 짐작했다. 강의 때 이런 이야기를 했더니 사람들은 믿기지 않는 눈치였다. 그래도 진짜로 그랬는지 자료를 찾아보기 시작했다.

자료는 많지 않았다. 구글에서 찾아봐도 실제로 400번 이상의 퇴고를 했다라고 명확하게 증거까지 제시한 것은 없었다. 도서관에서 헤밍웨이 전기를 읽어봐도 퇴고에 신경을 많이 썼다라고만 나왔다. 헤밍웨이는 자신이 쓴 초고를 수 차례 읽으면서 글의 전체 구조와 문장의 흐름을 먼저 수정했다.

문장 하나하나 낭독하면서 어색한 부분을 덜어냈다. 필요하지 않은 부사와 형용사를 빼고, 문장에서 사용하는 단어의 수도 최소로 썼다. 그는 자신의 글이 완벽해질 때까지 퇴고를 계속 거듭했다. 아마 이 부분을 강조하기 위해 "400번" 이상의 숫자를 사용한 게 아닐까 싶었다. 도저히 참을 수 없어 요새 핫한 ChatGPT를 검색했다.

검색 결과는 "헤밍웨이가 400회 이상 퇴고를 한 적은 없다. 그만큼 그는 퇴고를 중요하게 생각했다. 그 글이 완벽하게 다듬어져야만 그의 철학과 생각을 올바르게 전달할 수 있다고 여겼기 때문이다. 그의 퇴고 작업은 높은 전문성과 열정의 증거로 자리 잡았다."라고 나왔다.

지금까지 19권 종이책과 다수의 전자책을 출간하면서 제일 많이 퇴고했던 책이 〈마흔이 처음이라〉와 〈닥치고 글쓰기〉였다. 약 3~4회 정도로 퇴고했던 책들이다. 그 정도 퇴고하면 정말 입에서 욕이 저절로 나온다. 자신이 썼던 초고를 계속 읽고 고치는 일만큼 힘든 작업이 없다. 특히 종이책은 분량이 A4 80~100장이라 처음부터 꼼꼼하게 다시 읽고 고치는 시간도 상당히 오래 걸린다.

하지만 퇴고의 횟수가 거듭될 만큼 글이 좋아지는 것은 확실하다. 시중에 출간되어 서점에서 팔고 있는 책은 퇴고가 최소 5회 이상은 거쳐 갔다고 보면 된다. 글이 좋아지는 마법은 딱 하나다. 일단 초고를 쓰면서 분량을 채운다. 그 글을 계속 고치면 된다.

■ 효율적으로 하는 퇴고 방법

초고를 다 완성했다면 아마 온몸의 긴장이 풀렸을 것이다. 그동안 초고를 쓰느라 다른 일은 뒤로 미뤘을지 모르겠다. 보통 3개월 내 초고를 완성하는 게 가장 좋다고 많은 책에서 언급하고 있다. 내 경험상 이 말은 한번 초고를 쓰기 시작하면 약 40개의 꼭지를 마칠 때까지 리듬이 끊기지 않는 게 중요하다. 글쓰기도 리듬이 끊어지면 다시 회복할 때까지 시간이 걸린다.

다 쓴 초고를 얼마 동안 묵히자. 다음날부터 퇴고해도 좋지만, 그동안 초고 쓰느라 애쓴 자신에게 휴식을 주자. 적어도 7~10일 정도는 초고는 잊어버리자. 초고를 완성하느라 애쓴 자신에게 선물하는 것도 좋다. 시간이 지나 초고를 다시 열고 퇴고를 시작하면 된다.

처음 퇴고할 때는 자신이 쓴 문장이나 구절을 소리 내어 읽어 본다. 읽다 보면 자신이 쓴 문장이지만 어색한 부분이 나온다. 그 부분은 독자가 읽어도 어색한 부분이다. 그런 문구나 구절부터 고치기 시작하자. 긴 문장은 짧게 줄이자. 문장이 짧을수록 가독성이 좋아진다.

자신이 쓴 문장이나 구절에서 불필요한 형용사, 부사 또는 조사 등을 빼자. 글은 더하는 것도 중요하지만 덜어내면 더 좋아진다. 같은 단어가 반복되면 다른 단어로 바꾸자. 고유명사(인명, 지명 등)도 잘못 썼다면 한 번 더 확인하자. 단어와 문장, 또 문장과 문장, 문장 전체로 구성된 문단의 연결이 자연스러운지 확인하는 것도 좋다.

'~것이다.', '~한다.' 등의 서술어를 은연중에 많이 사용한다. 이런 서술어가 반복되면 문장이 투박해 보일 수 있다. 서술어도 다양하게 바꾸어 보는 것도 퇴고의 한 기술이다. 전체 문단의 구성이 잘 되어 있는지도 읽으면서 한번 확인하자. 문단과 문단을 바꾸어 내용이 괜찮으면 고쳐도 된다.

기-승-전-결의 전체 구성과 각 문단이 유기적으로 잘 연결되는지 또 각 문단 자체만으로도 독립적인지 확인하고 고쳐보자. 또 독자에게 메시지를 잘 전달하고 있는지, 그것을 뒷받침하는 에피소드나 근거가 괜찮은지 마지막으로 점검해야 한다. 마지막으로 맞춤법, 오탈자 등을 확인하고 퇴고를 마치면 된다.

가장 힘든 작업이 퇴고다. 자신이 썼던 글을 다시 읽으면서 고치는 작업이 쉬울지 모르지만, 의외로 시간이 걸린다. 하지만 확실한 것은 글은 퇴고를 거듭할수록 계속 좋아진다. 헤밍웨이가 그랬던 것처럼 퇴고 작업을 통해 좀 더 원고의 완성도를 높여보자.

08

출간한 내 책 10만 권 팔 수 있는
홍보 방법

■ 첫 책 출간 기쁨도 잠시

2016년 우여곡절 끝에 내 인생의 첫 책 〈모멘텀〉을 출간했다. 출판사에서 저자 증정본 10권을 받고 처음으로 내 이름이 적힌 책을 보니 감회가 새로웠다. 조만간 방송국, 신문사 등 언론사에서 인터뷰 요청이 쇄도할 것 같았다. 가만히 있어도 하루에 책이 수백에서 수천 권이 팔릴 줄 알았다. 그만큼 엄청난 기대에 부풀어 있었다.

하지만 일주일이 지나고 한 달이 넘어도 아무런 일도 일어나지 않았다. 한 달 뒤 내 책은 대형서점 한 구석에 있는 서가에 달

랑 한 권 꽂혀 있었다. 출판사에서 대대적으로 홍보도 해주는 줄 알았지만, 그 반대였다. 편집장은 전화해서 왜 작가가 직접 홍보를 하지 않냐고 나무랐다. 몰랐다. 책은 쓰기만 하면 출판사가 알아서 마케팅을 해주고 팔아주는 것으로 생각했다. 그것은 오산이었다.

2017년 두 번째 책 〈미친 실패력〉을 출간하고 나서 내가 직접 마케팅 방법을 찾기 시작했다. 그제야 알게 되었다. 지금 시대는 책 출간만 한다고 대박 나는 게 아니라, 작가와 출판사가 각자 방법대로 또는 힘을 합쳐서 같이 팔아야 한다는 사실을. 그 뒤로 계속 출간하는 책을 팔기 위해 더 많은 방법을 찾아보았다. 그 방법을 아래와 같이 소개하고자 한다.

■ 내 책 잘 팔 수 있는 홍보 방법

1) 블로그, 인스타그램 등 통한 SNS 및 오픈 단톡방 홍보

가장 쉽고 일반적인 마케팅 방법이다. 나는 책을 쓰고 싶은 사람이 있다면 초고를 쓰는 동안 자신의 SNS 채널을 개설해서 키우라고 말하고 싶다. 집필하는 핑계로 아무것도 하지 않고 거

기에만 몰두하는 사람이 있다. 초고 작성에 심혈을 기울이는 것도 좋지만, 최소한으로 자신의 SNS 채널에 글도 올리면서 키워야 한다. 그래야 나중에 책이 출간했을 때 제일 먼저 바로 홍보할 수 있다.

2) 서평단 모집

우선 영향력 있는 인플루언서나 파워블로거에게 부탁하여 서평단을 모집한다. 대형출판사는 50~100명 정도를 모으기도 한다. 보통 나는 내 책이 나오거나 친한 지인 작가 책이 나오면 10명 정도 모아서 명단을 알려준다. 서평단은 책을 공짜로 신청한 사람들에게 나누어 준다. 그 사람들은 2주 내로 읽고 자신의 SNS와 온라인 서점에 서평을 올리면 끝이다. 그 서평이 후기가 된다. 한 달 안에 많이 팔기 위해서 가장 기본적으로 하는 마케팅 방법이다.

3) 유튜브 인터뷰

얼마 전 출판사 요청으로 약 7만 명 정도 구독자가 있는 유튜브 채널에서 인터뷰를 진행했다. 동영상 플랫폼이 유행하고 있는 지금 영향력 있는 유튜버가 많아진 지도 오래다. 이런 큰 채널에 출연하여 인터뷰를 할 수 있다면 그 자체가 홍보가 된다. 꼭 큰 채널이 아니더라도 지인이 책을 출간했다면 자신이 운영하는 채널에 초대하여 인터뷰를 진행해도 좋다.

4) 지인들에게 홍보 의뢰

가족이나 지인들에게 한 권씩 사달라고 요청해도 좋다. 무엇이든 지인 홍보가 가장 기본적인 마케팅이다. 얼굴 한번 철판 깔고 뻔뻔하게 책 나왔으니까 좀 사라고 메시지를 돌려도 좋다.

5) 도서관 희망도서 신청

자신이 살고 있는 지역 도서관에 희망도서 신청을 하는 것도 하나의 방법이다. 희망도서 신청을 하면 도서관에서 저자의 책을 구매하는 것이다. 어떻게 보면 돈 들이지 않고 홍보도 하는 최고의 방법일지 모른다.

6) 저자 강연회 및 출간 기념회 개최

온라인 또는 오프라인에서 저자 강연회나 출간 기념회를 여는 것도 하나의 마케팅 방법이다. 자체적으로 열어도 좋고, 어떤 플랫폼에 초대되어 진행하는 것도 괜찮다. 책 출간 후 한 달 동안 많은 기회를 만들어 강연회를 열어서 책을 팔아도 된다. 거꾸로 책을 산 사람들만 초대하여 강연회를 여는 것도 또 다른 방법이다.

이외에도 출판사에서 책 한 권씩 구매할 때마다 사은품 한 개 증정, 신문사 리뷰 담당자에게 책 보내고 기사를 써달라고 부탁할 수 있다. 대형 카페(맘카페 등)에 돈을 주고 유료 마케팅으로 진행할 수 있다. 지금까지 내가 직접 해본 홍보 방법을 나열해 봤다. 어느 것이 가장 좋은 수단이냐고 물어본다면 서평단 모집이 효과가 제일 컸다.

바야흐로 많은 사람들이 책을 쓰고 있다. 하지만 책이 나오고 나서 팔지 못한다면 그것 또한 마음 아프지 않겠는가? 위에 소개한 방법대로 한번 적용해 보는 것은 어떨까? 아무것도 하지 않는 것보다 분명히 효과는 있다.

제 4 장

이렇게 하면
책 쓰기가 쉬워진다

남과 다른 책을 쓰고 싶다면
이 세 가지를 기억하자

많은 사람들이 책 쓰기에 관심이 많다. 유명하지 않더라도 자신이 가지고 있는 지식과 경험이 있다면 그것을 콘텐츠화시켜 기록하면 책이 된다. 예전처럼 종이책이 아닌 다양한 플랫폼이 탄생하여 여러 형태로 출간할 수 있게 되었다.

나도 바닥까지 떨어졌던 내 인생의 변화를 위해서 책 쓰기에 도전했다. 독서를 통해 의식이 바뀌면서 나처럼 힘들었던 사람들을 도와주고 싶어 글을 쓰게 되었다. 또 회사에서 노동으로 버는 수입 외에 또 다른 파이프라인을 만들고 싶었다. 그런 이유가 겹쳐서 내 이름으로 된 책을 꼭 서점에 깔아놓겠다고 다짐했다.

결심했지만 방법을 알지 못했다. 책 쓰기에 관련된 책과 강의는 모조리 찾아서 들었다. 어느 정도 지식이 쌓이고 난 후 책 쓰기에 몰두했다. 주제를 정하고 목차를 짰다. 초고를 쓰기 시작했다. 완성 후 출판사에 투고하여 한 곳과 계약했다. 몇 차례의 투고를 거쳐 이 세상에 나오게 되었다. 그렇게 나온 첫 책이 〈모멘텀〉이다. 이후 7년 동안 시행착오를 겪으면서 매일 조금씩 글을 써서 몇 권의 책을 더 출간하게 되었다.

다작했지만 아직 대중들에게 널리 알리는 유명 작가가 되지 못했다. 그래도 한 권씩 나올 때마다 조금씩 발전하고 있다고 생각하고 있다. 좀 더 남과 다른 책을 쓰기 위해 노력하고 있다. 지금까지 글을 쓰면서 타인과 차별화되는 책을 쓰고 싶다면 지금 소개하는 세 가지 질문에 대해 답을 한번 생각해 보자.

1) 이 책을 어떤 사람들이 보는가?

타겟층이 중요하다. 내가 현재 쓰는 책은 어떤 사람들을 향하고 있는가? 타겟층이 명확해지면 목차 구성과 초고 작성이 수월해진다. 막연한 것보다 구체적으로 정하는 것이 중요하다. '경력이 단절된 3040 여성', '4050 지친 남성들에게' 등 이렇게 숫자를 넣어보는 것도 하나의 방법이다.

2) 내 책의 핵심 메시지가 명확한가?

독자에게 전달하는 핵심 메시지가 간결하고 명확해야 한다. 그 큰 하나의 메시지를 설명하는 여러 키워드가 잘 조합되는 것도 중요하다. '내 책은 .... 다.' 로 설명할 수 있어야 한다.

3) 여러 비슷한 책과 비교할 때 어떤 점이 차별화되는가?

어떻게 보면 이것이 가장 중요하다. 결국 시중에 비슷한 책은 많다. 여기에서 약간이라도 다른 나만의 경험과 인사이트를 원고에 쓰는 것이 중요하다. 어디에서 본 듯한 남의 글을 베끼더라도 경험과 독자에게 하고 싶은 메시지만큼은 자기 생각을 정리해서 써보는 연습을 해보자.

책을 쓰고 싶은 사람이 있다면 위에 소개한 세 가지 질문은 반드시 기억해서 원고 쓰기 전 답을 찾아보자. 정확한 타겟층, 명확한 핵심 메시지, 비슷한 책들 가운데 차별화되는 나만의 인사이트만 있다면 언제든지 이 세상을 깜짝 놀라게 할 책을 쓸 수 있다.

베스트셀러 책 주제를 찾는
3가지 방법

종이책이나 전자책을 쓰기 위해서는 가장 먼저 해야 할 일이 주제 찾기다. 어떤 주제로 쓸 것인가가 정해져야 그에 따른 컨셉과 타겟층을 정하고 목차를 작성할 수 있다. 나도 책을 쓰고 싶지만 어떤 주제로 시작해야 할지 알지 못했다. 책 쓰기 관련 책을 읽었지만, 감이 오지 않았다. 결국 혼자서 쓰기에는 역부족이다 보니 거인의 어깨를 빌릴 수밖에 없었다.

여러 책 쓰기 강사 강의를 들었지만, 뭔가 부족했다. 지금까지 내가 글을 쓸 수 있게 해준 나의 글쓰기 스승님이신 자이언트 북 컨설팅의 이은대 작가를 만나면서 주제를 어떻게 찾아야 하는지 등에 대해 감을 잡을 수 있었다.

책을 쓰고자 하는 주제는 여러 가지가 있다. 내가 겪은 아픔이나 상처, 나의 습관이나 장애물, 어떤 분야에서 성과를 낸 경험, 내 일상의 흔적, 내가 가진 지식과 경험 등이 그것이다. 다시 이것을 바탕으로 내가 하는 직업, 인간관계, 취미, 도구, 변화와 성장 등으로 한정하여 주제를 정하면 된다. 주제를 정할 때 가장 중요한 것은 내가 쓰는 주제가 어떤 독자에게 도움이 될 수 있을지 먼저 생각해야 한다.

나중에 책이 출간되면 내가 쓴 책의 주제가 무엇이냐고 물으면 "내가 쓴 책은 관련된 주제에 맞는 나의 지식과 경험을 바탕으로 그 주제에 맞는 변화가 필요한 독자에게 도움을 주기 위해서다." 라고 말할 수 있어야 한다. 여기에 내가 쓴 책이 좀 더 잘 팔리는 책이 된다면 금상첨화가 아닐까?

나도 크게 베스트셀러가 되어 본 적 없지만, 몇 권의 책을 출간하다 보니 잘 팔리는 책을 쓰기 위한 주제를 찾는 방법을 정리할 수 있었다. 다른 방법도 있겠지만 개인적인 의견이니 참고해 주길 바란다. 그 방법은 아래와 같다.

첫째, 자신이 쓰고자 하는 주제가 현재 시장에서 통하는지 먼저 살펴보자.

분명히 자신이 쓰고 싶은 주제가 있다. 하지만 그것이 현재 출판 시장에서 통하는지 먼저 살펴보는 것이 베스트셀러가 될 확률이 높다. 자신의 인생 키워드를 뽑아 현재 쓰고 싶은 주제와 연결해 보고, 현재 시장에서 잘 팔릴 수 있는지 사전 조사를 해보자.

둘째, 현시대의 트렌드가 무엇인지 알아보자.

매년 10월이 되면 〈트렌드 코리아〉 시리즈 책이 나온다. 다음 해에 어떤 트렌드가 있을지 10개의 키워드로 정리해서 보여준다. 이 책을 통해 트렌드라는 것에 대해 감을 잡았다. 자신이 쓰고자 하는 주제가 요새 트렌드와 맞는지 살펴보는 일도 중요하다. 글쓰기 주제로 쓴다면 요새 핫한 AI를 활용한 글쓰기 책을 쓴다면 좀 더 독자에게 어필할 수 있지 않을까?

셋째, 매일 신문 기사나 매달 잡지 내용을 구독해서 흐름을 찾자.

매일 신문을 보거나 한 달에 한 번 나오는 잡지를 구독해서 계속 읽다 보면 세상이 어떻게 돌아가는지 알 수 있다. 나도 주 1 회 정도 주말을 이용하여 도서관에 간다. 밀린 신문 기사와 그달에 나온 잡지를 개략적으로 읽어본다. 거기에서 내가 쓰고자 하는 주제가 현재 흐름과 잘 맞는지 한 번 살펴본다.

세 가지를 정리했더니 공통점이 보인다. 결국 베스트셀러 책이 되기 위해서는 현시대의 트렌드를 알아야 하고 어떻게 세상이 변하고 있는지 그 흐름을 잘 캐치하여 거기에 맞는 주제를 찾아야 한다. 쉬운 일은 아니지만, 세상 돌아가는 소식만 잘 알고 있다면 내가 쓰고자 하는 주제와 연결하는 연습만 해보면 된다.

나도 계속 뉴스와 책을 통해 트렌드를 확인하고 거기서 내가 쓰고 싶은 주제가 교집합이 생기면 한 번 써 볼 생각이다. 이 글을 읽는 당신도 베스트셀러가 되고 싶은 욕심이 있다면 위 3가지 방법을 활용해 보는 것은 어떨까?

03

책 쓰기 초고 쓸 때 자료 수집하는
3가지 방법

■ 자료수집이 왜 어려울까?

"오늘도 한 꼭지 분량을 채워야지. 오늘은 〈글이
써지지 않을 때 극복하는 방법〉에 대해 한번 써봐야겠다."

노트북 전원을 켜고 한글 프로그램을 열었다. 갑자기 무엇을
써야 할지 감이 안 잡힌다. 아무리 생각해도 떠오르지 않는다. 왜
이런 일이 생기는 걸까? 아웃풋을 내기 위해서는 인풋 데이터가
필요하기 때문이다. 인풋 데이터가 없는 상태에서 갑자기 쓰려
고 하면 당연히 쓰기가 어렵다. 글쓰기와 책 쓰기의 차이가 여기
에 있다.

글쓰기는 생각나는 대로 자신의 감정, 일상 등을 써내려 가면 된다. 하지만 책 쓰기는 쓰고자 하는 한 가지 주제와 관련하여 독자들에게 자세하게 알려줘야 하므로 객관적인 자료가 필요하다. 나도 한 꼭지 원고를 쓸 때 먼저 자료를 모으기 위해 여기저기 찾아본다. 자료가 많으면 많을수록 원고 쓰기가 수월해진다.

■ 책 쓰기 자료수집 하는 법

금방 얻게 될 것이다. 그럼 책 쓰기 초고 쓸 때 어떻게 자료를 수집해야 할까? 오늘은 지극히 개인적인 나만의 자료 수집 방법을 소개하고자 한다.

첫째. 내가 쓰고 있는 주제와 비슷한 책을 읽는다.

위에서 예시로 든 오늘 내가 〈글이 써지지 않을 때 극복하는 방법〉에 대해 한 꼭지 원고를 쓴다고 가정하자. 글쓰기 주제로 책을 쓰고 있다. 도서관이나 서점에 가서 글쓰기 주제와 관련된 책을 10~20권 정도 빌리거나 사서 가져온다. 그 책들에서 〈글이 써지지 않을 때 극복하는 방법〉과 비슷한 글이 꼭 하나쯤 있다. 과연 그 책의 저자는 어떻게 극복했는지 찾아서 읽어보자. 그리고 거기에 나온 글을 분석해서 자료로 가져온다.

둘째, 구글이나 네이버 등 포털 사이트를 이용한다.

첫 번째 방법은 시간과 비용이 드는 단점이 있다. 좀 더 편하
게 자료를 찾는 방법은 바로 인터넷을 이용하는 것이다. 네이버
나 구글 등 포털 사이트에 〈글이 써지지 않을 때 극복하는 방법〉
을 한번 키워드로 넣어 검색해 보자. 블로그 등 SNS에 다른 사람
들이 써 놓은 비슷한 글이 많이 노출된다. 그 글의 링크를 노션이
나 트랜스노, 에버노트, 클로버 등의 디지털 노트에 모아보자.

셋째, 챗GPT 등 AI검색 엔진을 활용한다.

챗GPT의 등장은 아이폰 등장 이후로 상당한 충격이었다. AI
가 제대로 활용되기 위한 시발점이 되었다. 책 쓰기 자료도 이 도
구를 활용하면 첫 번째와 두 번째 방법보다 훨씬 효율적으로 자
료를 찾을 수 있다. AI는 대화형 검색엔진으로 '프롬프트'라고 하
는 질문을 잘 사용하면 좀 더 구체적인 자료를 찾을 수 있다.

"나는 OOO 작가입니다. 매일 글을 한 편씩 쓰고 있습니다. 그
런데 매일 글을 잘 쓸 수 없고, 어떤 날은 글감이 떠오르지 않습

니다. 글이 써지지 않을 때 극복하는 방법에 대해 10가지 예시만 들어주세요."라고 쳐보자. 아마 1분도 되지 않아 당신이 찾는 보물을 찾을 수 있다.

■ 이렇게 자료 수집을 해보자!

이외에도 책 쓰기 자료를 찾는 방법이 많지만 위 3가지를 이용하면 좀 더 쉽게 찾아서 원고를 쓸 수 있다. 책을 쓴다는 일이 쉬운 일은 아니지만 그렇다고 못할 일도 아니다. 많은 사람들이 자신의 이야기를 써서 작품을 만들었으면 좋겠다. 그 이야기가 어떤 사람에게는 반드시 도움이 되거나 위로를 줄 수 있다고 확신한다. 오늘도 닥치고 한 편의 원고를 쓰자.

04

책 쓰기 초고 쓸 때 수월하게 쓰는 3가지 방법

　　2023년 여름 11번째 개인저서 〈당신만 지치지 않으면 됩니다〉를 출간했다. 조금씩 초고를 썼다. 기존 블로그에 썼던 글도 조금씩 더하고 수정해서 쓰고 있는 초고와 합쳤다. 이 작업을 상반기에 4개월 정도 진행했다.

　　회사 업무도 바쁘고 클래스101 촬영과 다른 일도 겹치다 보니 초고를 쓰는 작업이 더디었지만, 불안하지 않았다. 몇 번의 출간 경험이 쌓이다 보니 초고를 쓰는 일이 예전보다 어렵지 않았다. 어렵다고 한다면 예전보다 좀 다른 스타일로 쓰고 싶은데 이미 나만의 문체가 굳어져서 그것을 조금 깨는 것이 쉽지 않았다.

매년 1~2권의 종이책을 출간하고 있다. 올해는 좋은 사람들과 공저를 같이 쓰게 되어 상반기에 2권의 책을 출간했다. 개인 저서는 하반기에 1권 출간을 목표로 했는데, 생각보다 빠르게 진행되어 올해만 3권의 종이책을 발간했다. 그렇다 보니 다른 사람들이 어떻게 그렇게 책을 빨리 출간하냐고 많이 물어보기도 한다. 라이팅 머신이냐고 하는 사람도 있는데, 그렇지 않다. 다만 매일 조금씩 쓰다 보니 초고가 그만큼 모이게 된다. 오늘은 내 개인적인 의견으로 어떻게 하면 초고를 좀 더 수월하게 쓸 수 있을지 그 방법을 공유하고자 한다.

첫째, 초고는 잘 쓰려고 하는 원고가 아니다.

항상 책 쓰기 수강생에게 하는 말이 있다. 초고는 양을 채우는 원고다. 처음부터 잘 쓰려고 하면 끝까지 쓸 수 없다. 초고는 내 이야기를 생각나는 대로 쓰면 된다. 초고 분량은 한글 프로그램 기준 글자 10 자간 160으로 했을 때 최소 1.5매~2매 사이이다. 맞춤법이 틀려도 상관없다. 문장이 길어도 된다. 한 꼭지 주제에 맞는 경험-감정-(인용)-결론 또는 배경+PREP(프렙) 구조만 맞추어 일단 양을 채우자.

둘째. 독자는 작가가 얼마나 잘 쓰는지 관심 없다.

독자는 작가가 하고자 하는 메시지에만 관심을 가진다. 글을 잘 쓰고 못 쓰는 것이 중요한 게 아니다. 작가는 독자에게 도움, 위로를 주거나 해결책을 제시하면 그만이다. 독자는 작가의 경험이나 이야기는 읽고 한 귀로 흘려버린다. 무슨 말을 하는지 자신에게 도움이 되는지에 집중해서 책을 읽는다. 따라서 작가는 편하게 독자를 돕는다는 마음으로 한 꼭지씩 쓰면 된다.

셋째. 한 꼭지에는 한 가지 주제만 쓰자.

글쓰기도 단순한 게 좋다. 오늘 한 꼭지를 쓴다면 그 주제에 맞는 한 가지만 집중해서 쓴다. 지금 내가 쓰는 글도 책 쓰기 책의 원고가 될 수 있다. "초고를 수월하게 쓰는 법" 한 가지에 관해서만 쓰고 있다. 이것저것 쓰다가 독자에게 제대로 된 메시지를 주지 못한다.

다른 방법도 많지만 위 세 가지만 지켜도 초고를 좀 더 수월하게 쓸 수 있다. 초고는 말 그대로 양을 채우는 것이 가장 중요하다. 일단 채워놓고 그다음 덜어내고 다듬어가면 된다. 글쓰기는 꾸준하게 채우고 고치는 작업의 연속이다. 아직도 초고를 쓰지 않거나 완성을 못하고 있는가? 오늘부터 한 꼭지씩 편하게 독자에게 줄 수 있는 메시지를 찾아보기 좋게 구성하여 양을 채워보자. 그렇게 매일 조금씩 쓰다 보면 초고를 완성할 수 있다.

책 쓰기 초고 쓸 때 분량을
조절하는 좋은 방법

"아! 오늘도 분량을 채우는 게 너무 어려워!"

모니터를 보는데, 무엇을 더 써야 할지 떠오르지 않는다. 지금까지 쓴 것도 아무 말 대잔치다. 분명히 글쓰기 강의를 듣고 관련된 책을 읽으면서 공부했는데도 막상 적용하려니 어렵다. 종이책을 쓰는데 한 꼭지 쓰는 분량은 최소 1.5~2매 사이이다. 즉 한 장 반에서 두 장을 쓰면 된다. 이게 쉽게 분량이 채워질 것 같은데, 실제로 써보면 분량을 채우는 것이 쉽지 않고 오래 걸리기도 한다.

10년 동안 글을 쓰면서 느낀 점이 있다. 어떻게든 글쓰기는 우선 분량을 채우는 것이 가장 중요하다는 사실이다. 일단 자기가 쓰고자 하는 주제를 찾고 그에 관련된 내용을 쓰는 일도 중요하다. 하지만 그 내용을 처음부터 끝까지 써서 양을 채우는 것이 우선이다. 그렇게 분량을 채운 초고를 다듬고 다듬어서 글이 더 좋아지게 만들면 된다.

그래서 분량을 어떻게 하면 좀 더 수월하게 채우고 조절할 수 있을까 고민했다. 이렇게도 써보고 다른 방법을 강구하기도 했다. 그 방법 중 쉽게 적용할 수 있는 한 가지 방법을 소개하고자 한다. 그 방법은 바로 한 꼭지 초고 안에서도 다시 3~4개 소제목을 나누어 원고를 쓰는 방법이다.

소제목을 나누게 되면 좋은 점이 그 소제목에 대한 원고만 쓰면 된다. 1.5매 분량 기준으로 4개의 소제목으로 초고를 쓴다고 가정하자. 1.5매 분량의 25%만 소제목에 관련된 원고를 쓰면 된다. 그러면 분량을 채우는 것이 확 줄어들게 된다. 요샌 이렇게 소제목으로 잘게 나누어 책을 출간하는 작가도 많이 늘어나고 있다. 특히 중국이나 일본 작가들이 출간한 책을 보면 이렇게 소제목을 나누어 원고를 쓰는 사례가 많다.

그러면 소제목을 어떤 기준으로 나누면 좋을까? 내가 많이 쓰는 세 가지 방법을 소개하면 다음과 같다.

1) 시간의 변화로 나눈다.

에세이 장르의 원고를 쓸 때 자주 쓰던 방식이다. 우선 과거에 있었던 일을 하나의 소제목으로 정해 원고를 쓴다. 현재 시점에서 과거의 일에 대한 감정 등을 다른 소제목으로 엮어서 적었다. 다음 소제목은 미래 시점에서 이렇게 될 것이다 등으로 독자에게 가치와 의미를 줄 수 있는 메시지로 마무리했다. 과거→현재→미래 순으로 접근하면 초고를 쓰는 것이 수월하다.

2) 주제와 사례별로 나눈다.

실용서 장르의 원고를 쓸 때 주로 쓰던 방식이다. 처음에 쓰고자 하는 꼭지 주제와 관련된 전반적인 내용을 소제목으로 엮어서 기록했다. 그다음에는 주제와 관련된 사례를 차례대로 소제목으로 정해서 정리했다. 마지막 소제목에는 역시 독자에게 줄 수 있는 메시지를

정리해서 결론으로 마무리했다. 주제 제시→ 사례1 → 사례2 등으로 정리할 수 있다.

3) 관점의 변화로 정리하자

어떤 주제와 관련해서 개인적인 경험을 바탕으로 첫 소주제로 해서 적는다. 그리고 좀 더 다양한 사회적 관점에서 다른 소주제로 한번 적어본다. 그리고 마지막에 주관적인 관점에서 이 주제에 대해 독자에게 어떤 메시지를 줄 수 있을지 마무리한다. 이런 방법은 인문 장르의 책을 쓸 때 도움이 된다.

소주제를 더 나누는 방법이 여러 가지가 있지만, 위 세 가지 방법을 사용하면 좀 더 초고 분량을 채우고 조절하는 것이 쉽다. 책 쓰기에 도전하고 있지만 초고를 완성하는 것은 그리 만만한 일이 아니다. 부디 위 방법을 한번 적용해서 좀 더 수월하게 초고를 쓰는 사람이 많아졌으면 좋겠다.

06

독자를 끌어당기는 제목 짓는 법

글을 쓰기 위해 제일 먼저 해야 할 일은 쓸거리를 찾아 주제를 정하는 것이다. 오늘 일상에서 일어났던 사건에서 찾을 수 있다. 누구를 만나 이야기를 나눈 내용도 소재가 될 수 있다. 맛집을 찾아가는 과정이나 먹은 음식의 맛이 어떤지도 글감이 된다. 이렇게 글감을 찾아서 주제를 정하면 된다.

주제를 정했다면 이제 어떻게 글을 구성할지, 어떤 에피소드를 가져올지, 그 에피소드에서 어떤 감정을 느꼈는지 등에 대해 고민한다. 그 경험과 감정에서 느낀 가치와 의미를 부여하여 독자에게 어떤 메시지를 줄 수 있을지 같이 생각한다. 본문을 쓰고 몇 번의 수정 작업을 거치면 글 한 편이 완성된다.

그런데 여기서 중요한 것이 하나 있다. 본문 내용이 아무리 좋아도 제목이 평범하거나 지루하게 느껴진다면 독자의 이목을 확 끌 수 없다. 너무나 많은 글과 정보가 하루에도 쏟아져 나온다. 많은 독자의 선택을 받는 글은 소수에 불과하다.

13년의 생존 독서와 10년의 글쓰기 경험을 바탕으로 고민해 본 결과 독자에게 선택을 받기 위해서는 제목이 중요한 것을 깨달았다. 눈에 확 들어오거나 매력적인 제목을 짓는 방법이 무엇이 있을지 자료를 찾아보았다. 실제로 책 원고를 쓰거나 블로그 포스팅 후 제목 네이밍을 잘하지 못해서 위에서 찾은 방법을 많이 적용했다. 그것을 바탕으로 매력적인 제목을 짓는 방법을 아래와 같이 소개하면 다음과 같다.

첫째, 5~10년 전 지나간 베스트셀러 제목을 참조하자.
몇 년 전에 일본에서 5년마다 베스트셀러가 되는 트렌드가 돌고 돈다고 들었다. 우리나라는 일본에 비해 10년마다 그 유행이 반복된다고 한다. 일단 베스트셀러 책이 되었다고 하면 여러 이유가 있겠지만 제목도 그만큼 많은 독자에게 선택을 받았다는 증거가 될 수 있다. 포털 사이트 등을 통해 5~10년 전에 유행했던 베스트셀러 책 제목을 수집하여 분석해 보자. 그 제목을 지금 자신이 쓰고 있는 주제와 맞추어 벤치마킹하면 된다.

둘째, 광고 카피를 살펴보자.

텔레비전 프로그램을 보면 중간에 광고를 하는 경우가 많다. 광고는 어떤 물건에 대한 홍보물이라고 보면 된다. 고객이 그 물건을 살 수 있게 확 당기는 문구를 만드는데, 그것이 카피다. 이 카피를 보면 보통 10~20자 이내로 짧게 구성되어 있다. 요약된 구절로 고객을 유혹한다. 카피를 살펴보고, 제목을 지어보는 것도 좋은 방법이다.

셋째, 챗GPT 등 AI에게 질문하자.

AI 생성형 도구에게 직접 물어보는 것도 한 방법이다. 이미 수십 년간 축적된 데이터를 바탕으로 매력적인 제목 예시를 열거해 주다 보니 시간 절약도 된다. 어쩌면 이 방법이 가장 쉬울지도 모르겠다. 질문, 즉 프롬프트만 잘 활용하면 수많은 매력적인 제목 중에서 하나를 고를 수 있다.

넷째, 서점에서 요새 유행하는 제목이 무엇인지 살펴보자.

아예 최신 트렌드를 좇는 것이다. 최근 유행하는 베스트셀러 책 제목을 서점에 가서 조사한다. 온라인 서점 사이트를 이용해도 좋다. 여러 책의 제목을 꼼꼼히 본다. 자신에게 맞는 제목을 골라 지금 쓰고 있는 꼭지나 챕터, 책 제목에 활용해 본다. 2017년 출간했던 나의 두 번째 책 〈미친 실패력〉은 그 당시 베스트셀러 〈미친 실행력〉을 참고해서 지었던 제목이다.

다섯째, 주변 지인, 친구와 아이디어를 브레인스토밍해 보자.

혼자 생각하기 어려운 사람들은 주변 지인이나 친구와 함께 어떤 제목이 좋은지 상의하는 것도 좋다. 같이 브레인스토밍하다 보면 생각지 못한 제목이 나올 수 있다.

다른 방법도 더 있으나 위 5가지 방법을 사용하면 독자를 사로잡을 수 있는 근사한 제목을 만들 수 있다고 자부한다. 확실히 제목을 잘 짓는 것도 재능이라고 생각한다. 하지만 몇 년간 연구하고 공부하다 보니 예전보다 제목 짓는 기술도 조금씩 늘고 있다. 오늘은 글 한 편 쓰기 전 제목도 어떻게 지어볼지 고민하자.

07

책 쓰기/글쓰기는 시스템도 중요하다

새해 목표로 글쓰기와 책 쓰기에 도전하는 사람도 많아졌다. 책을 쓰는 일이 어렵다면 SNS에 글이라도 써야겠다고 다짐한다. 내 주변에도 글쓰기와 책 쓰기에 관심이 없다가 어떻게 하면 되는지 가끔 물어보기도 한다. 특히 9년 넘게 글을 쓰면서 어떻게 그 많은 종이책을 출간하고 전자책도 등록했는지 질문한다.

오늘은 여러 번 듣는 그 질문에 대해 한 번 다시 고민했다. 물론 팔리는 책을 써야 하는 숙제도 남아 있지만, 글을 본격적으로 쓰기 시작한 2015년 초부터 지금까지 이런 성과를 낸 것에 대해 스스로 뿌듯하기도 하다. 혹시 전업 작가라서 그게 가능하냐고 묻는 사람도 있는데, 그 반대이다. 전업 작가로 살고 싶어서 직장을 다니면서 계속 글을 썼다.

글을 쓰는 사람으로 평생 사는 것이 인생의 목표였다. 그러나 목표를 이렇게 정했다고 해서 다 이루는 것은 아니다. 다만 그래도 지금까지 책을 출간하고 지금 새 원고를 쓰고 있는 시점에서 글쓰기나 책 쓰기도 성과를 내기 위해서는 거창한 목표를 정하는 것보다 시스템을 만드는 일이 더 중요하다고 깨닫게 되었다.

많지 않지만 작가가 되고 싶은 사람에게 강의와 코칭을 하고 있다. 그중 한 수강생은 2년 전부터 나에게 한 말이 있다. "올해 안에는 꼭 제 이름으로 된 책을 낼게요." 그렇게 이야기 했지만, 여전히 초고 완성도 못 하고 있다. 매년 목표는 거창하게 세우지만, 성과를 못 내고 있다. 이유는 역시 자신만의 시스템을 만들지 않은 탓이다.

시스템을 만든다는 의미는 무엇일까? 목표와 시스템의 차이는 이것이다. "올해 안에 꼭 제 이름으로 된 책을 출간하겠습니다." 는 목표이다. 이 목표를 위해서는 어떻게 해야 할까? 올해 안에 출간하기 위해서는 적어도 12월에는 출간해야 한다. 그러면 거꾸로 12월에 출간하기 위해서 언제까지 초고를 완성해야 하고, 출판사와 컨택 후 퇴고도 마쳐야 하는지에 대한 실행계획이 나온다. 이 실행계획을 다시 월간, 주간, 일간 단위로 쪼개어 만드는 것이 바로 시스템이다.

수강생은 목표만 세우고, 시스템을 만들지 못했다. 처음에는 나도 이제 작가가 될 수 있다는 부푼 마음에 초고를 쓰기 시작한다. 하지만, 시스템이 없다 보니 쓰다 말다 반복하다가 일상이 바쁘고 다른 것에 신경 쓰다 보니 뒤로 미루게 된다. 계속 미루다가 시간이 지나면 포기한다.

12월까지 출간하기로 목표를 세웠다면 현시점에서 6월 상반기까지 주제와 컨셉을 잡고, 목차 구성 후 초고를 완성해야 한다. 7~8월에 퇴고하면서 출판사 컨택 후 9월쯤 계약한다. 나머지 기간은 출판사와 협의하면서 몇 번의 퇴고를 거친 후 출간까지 진행한다. 이렇게 큰 계획이 나오면 "일주일에 최소 3꼭지 이상의 원고를 쓴다.", "한 달 내 주제를 정하고 목차를 정한다."는 등의 시스템이 만들어진다. 이것을 그대로 실천하면 끝이다.

SNS에 글을 쓰는 일도 마찬가지다. "팔로워 만 명을 만들겠다."라고 목표를 정했다면, 어떤 주제로 어떻게 쓸지 시스템을 만들어 매일 매주 실천하면 된다. "하루에 한 개 피드나 포스팅 하겠다." 라는 등의 시스템이면 현실적이다.

나는 지금까지 어떤 책을 쓰겠다고 마음먹었다면 시스템을 만들어서 매일 조금씩 글을 썼다. 아무리 바빠도 그 시스템에서 정한 규칙은 지켰다. 물론 다 지키지 못할 때도 있지만, 적어도 그런 노력은 해야 내가 생각한 일정에 차질이 없다. 요새 약간 인생의 방황을 겪는 중이라 다시 시스템 정비를 하고 새 원고를 준비하고 있다.

올해 내 이름으로 된 책 한 권을 내고 싶은 분이라면 거창한 목표보다 자신이 할 수 있는 시스템을 먼저 만들고, 하나씩이라도 실천해 보는 것은 어떨까? 매일 쓰는 사람이 진짜 작가라고 외치는 이유도 마찬가지다. 시스템을 먼저 만들고 계속 실천하다 보면 결국 원했던 근사한 작품을 만날 수 있다. 부디 올해는 자신의 이름으로 된 책을 서점에서 만나는 사람이 많아지길 바란다.

08

한 편의 초고를 쓰고 난 후
확인해야 할 사항

책을 쓰기 위해서는 다음과 같은 단계를 거친다. 종이책과 전자책을 구분하면 마지막 단계만 다르고 다른 과정은 같다. 우선 책을 쓰기 위해서는 주제를 정해야 한다. 자신이 지금까지 잘 해왔던 일, 좋아하는 일, 아는 분야 등을 고려하여 주제와 콘셉트를 정한다. 콘셉트를 정할 때는 어떤 독자층을 공략할지 같이 정한다.

주제를 정했다면 목차를 짜야 한다. 자료 수집과 함께 기획 단계이다. 어떤 내용을 쓸지 개략적으로 낙서하고 메모한다. 그것을 모아 목차를 구성한다. 다음 단계가 가장 어려운 초고 쓰기다. 보통 종이책의 경우 목차가 35~40개 꼭지, 전자책은 10~20

개 꼭지로 구성된다. 한두 개 글을 쓰기도 어려운데, 최소 10개 이상 원고를 쓰는 일은 상당한 집중을 요구한다.

초고를 작성하고 나서 종이책은 출판사 투고와 계약을 거친다. 퇴고의 절차를 거쳐 마침내 출간하게 된다. 전자책은 초고 작성 후 전자책 플랫폼에 등록하면 끝이다. 이런 일련의 과정을 모두 거쳐야 책 쓰기 목표를 이룰 수 있다.

특히 한 꼭지 초고를 쓰는 것도 보통 일이 아니다. 그 꼭지 주제에 맞게 다시 핵심 메시지를 정하고, 거기에 맞는 경험과 방법 등을 넣어야 한다. 구성 방식도 고려하여 써야 한다. 초고를 쓸 때 가장 중요한 것이 우선 분량을 채우는 것이다.

초고를 쓰는 목적은 빨리 글을 채워 넣어 완성하기 위함이다. 완벽하게 초고를 잘 쓰려고 하는 것은 잘못된 생각이다. 그래서 헤밍웨이가 "초고는 쓰레기다." 라고 언급한 것이다. 어차피 나중에 빼고 버려야 더 완벽한 글이 되기 때문이다. 그래도 초고를 쓰고 나서 그냥 덮지 말고 한 번 체크해 보는 것도 나쁘지 않다. 오늘은 초고를 쓰고 나서 체크해야 할 사항에 대해 알아보자.

첫째, 내가 쓴 한 꼭지에 핵심 메시지가 들어가 있는가?

책을 쓰는 이유는 독자에게 어떤 메시지를 주기 위함이다. 그것이 노하우가 될 수 있고, 공감할 수 있는 위로의 문구 등이 될 수도 있다. 초고 완성 후 자신의 이야기만 나열하지 않았는지 한번 살펴보자. 메시지가 빠졌다면 반드시 넣자. 독자에게 메시지를 줄 수 없는 원고는 의미가 없다.

둘째, 그 메시지를 뒷받침할 수 있는 적절한 사례를 들었는가?

핵심 메시지를 뒷받침하는 경험, 논리, 인용 등이 잘 어울리는지 살펴보자. 요새 탁월한 문장보다 저자 자신의 이야기가 들어가야 차별화된다. 자신만의 경험과 지식이 그 꼭지 원고에서 말하는 메시지를 더 잘 살릴 수 있다.

셋째, 원고 분량이 적절한가?

보통 종이책 원고 분량은 A4 2매 내외다. 요샌 긴 글을 싫어하다 보니 좀 더 줄어드는 추세이다. 그래도 1.5~2장 사이는 써야 한 꼭지 분량이 나온다. 다 쓰고 나서 분량이 적절한지 한 번 살펴보자.

넷째, 저자의 지식과 경험, 생각이 제대로 담겨 있는가?

자신의 지식과 경험 없이 다른 책에 나오는 이야기를 몇 개 모아서 짜깁기로 쓰면 되지 않는다. 요샌 자신이 직접 경험하고 느낀 바를 있는 그대로 써야 독자에게 먹히는 시대다. 자신이 경험하지 않고 다른 책에서 나온 지식으로 해 봤던 것처럼 쓰면 다 들통난다. 진짜 자신이 실제로 실행했던 경험, 배운 지식을 먼저 정리하고, 원고에 제대로 반영되었는지 확인하자.

다섯째, 글의 가독성이 좋은가?

초고를 쓰다 보면 문장이 길어지기도 한다. 끝까지 분량을 채웠다면 한 번 정도 소리 내 읽으면서 잘 읽히는지 살펴보자. 자신이 쓴 글을 직접 읽어보면 자신이 봐도 잘 읽히지 않는 구간이 있다. 그런 부분을 수정하자. 또 문장이 길다면 짧게 줄여보자.

위 다섯 가지만 확인해도 초고가 잘 썼는지 스스로 판단할 수 있다. 하지만 한 꼭지 쓰고 나서 바로 확인하는 일도 쉽지 않다. 나는 40꼭지 원고를 기준으로 5꼭지를 썼다면 위 5가지 방법을 활용하여 초고를 점검했다. 그리고 다 쓰고 나서 다시 한번 꼭지 하나씩 확인하며 수정했다.

혹시 이 글을 읽는 분 중에 초고를 쓰고 있다면 꼭 참고해서 체크해 보길 바란다. 초고만 완성하면 누구나 책 출간까지 가능하다. 작가는 진짜 쓰는 사람이다.

제5장

챗GPT를 활용한
동화책 쓰기

어떤 동화책을 써볼까? (주제 잡기)

동화책을 쓰기 위해서도 가장 먼저 해야 할 일이 무엇을 써야 할지 결정해야 한다. 주제를 정하는 것이다. 주제가 없이 무작정 글을 쓰는 것은 일기에 불과하다. 지금까지 내 만족을 위한 글을 썼다면 이제는 그만하자. 앞으로는 독자를 위한 글을 써야 한다. 내가 쓴 글이 독자에게 읽혀야 책으로서의 가치가 존재한다.

지금까지 읽었던 동화책 중에 인상 깊었던 책을 떠올려보자. 프롤로그에서 언급했던 것처럼 나는 〈꽃들에게 희망을〉이란 동화책을 인상 깊게 읽었다. 자신의 처지를 한탄한 애벌레가 모험을 떠나게 된다. 갖은 어려움을 헤치고 나서 결국 나비가 되어 새로운 세상을 만나는 이야기다.

이 책이 주는 메시지는 자신이 무엇을 선택해서 가더라도 실체 없는 경쟁에 휘말리지 말고, 자신의 길을 고통스러워도 꿋꿋이 가다 보면 나비가 되어 날아갈 수 있다고 말할 수 있다.

우선 자신이 쓰고 싶은 동화책 주제를 정하자. 나는 현재 내 상황을 대입해서 한번 찾아보기로 했다. "힘든 인생을 다시 극복하기 위한 동기부여를 주는" 주제로 정했다. 동화책도 자신의 경험이 들어가면 좀 더 쉽게 주제를 찾을 수 있다.

동화책 주제를 찾는 방법에 대해 챗GPT에 물어보았다. 아래와 같은 답변이 나온다.

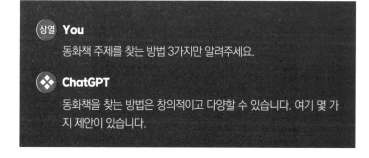

상열 You
동화책 주제를 찾는 방법 3가지만 알려주세요.

ChatGPT
동화책을 찾는 방법은 창의적이고 다양할 수 있습니다. 여기 몇 가지 제안이 있습니다.

1. 자연에서 영감 얻기 : 공원 산책 또는 동물원 방문, 단순히 창밖을 바라보며 자연의 아름다움에서 영감을 얻을 수 있습니다.
2. 아이들과 대화하기 : 어린이들은 풍부한 상상력을 가지고 있습니다. 아이들과 대화를 통해 그들이 좋아하는 이야기, 캐릭터 등으로 주제를 찾을 수 있습니다.
3. 전통 이야기와 신화 연구하기 : 전 세계의 전통 이야기, 신화, 전설을 연구하여 동화책의 주제를 찾을 수 있습니다.

나와 비슷한 주제로 쓴 동화책 샘플은 무엇이 있을까?

주제를 찾았다면 나와 비슷한 주제의 동화책이 미리 나와 있는지 찾아보는 것도 중요하다. 원래 종이책을 쓸 때도 자신이 쓰고자 하는 주제와 비슷한 참고도서를 찾아본다. 이미 나와 있는 책을 읽고 그 저자는 캐릭터나 줄거리를 어떻게 구성했는지, 스토리를 어떻게 풀어냈는지 등을 벤치마킹하는 작업이다.

내가 정한 주제는 "힘든 인생을 다시 극복하기 위한 동기부여를 찾는 동화"로 결정했다. 이미 시중에 나와 있는 비슷한 동화책이 어떤 것이 있는지 한번 챗GPT에 물어봤다.

상열 You

해외를 포함하여 지금꺼지 제 주제와 비슷한 동화책 3권만 검색해서 제목과 내용을 개략적으로 말씀해 주세요.

ChatGPT

다음은 자기 발견, 변화, 새로운 시작에 초점을 맞춰 제안한 이야기와 유사한 주제를 탐구하는 3권의 동화책을 소개합니다.

1. 〈안녕, 친구!〉 저자(코리 도어펠드)
   – 이 책은 변화의 개념을 우정이라는 렌즈를 통해 다루고 있다.
2. 〈작은 나무〉 저자(로랜 롱)
   – 이 책은 나뭇잎을 너무 사랑해서 계절이 바뀌어도 나뭇잎을 놓지 않는 숲 속의 어린 나무 이야기를 담고 있다.
3. 〈여행〉 저자(프란체스카 사나)
   – 저자가 난민센터에서 만난 두 소녀의 경험에서 영감을 받은 이 책은 집이라고 부르는 새로운 장소를 찾습니다.

기존에 출간했던 해외에 있는 동화책 3권을 추천했다. 해외 동화책이다 보니 국내에 번역본이 있으면 더 좋다. 이 책 중에 몇 권을 구해서 읽어볼 생각이다. 캐릭터 및 줄거리 구성 전에 기존 책을 참고하면 아무것도 모를 때보다 더 도움이 될 수 있다.

누구를 대상으로 할까? (타겟층 정하기)

주제를 찾았다 하더라도 읽어줄 독자층을 제대로 잡지 않으면 소용없다. 내가 쓴 글을 독자에게 제대로 도움이나 위로를 주기 위해서는 독자층을 제대로 잡아야 한다.

이번에 내가 주제로 잡은 "잃어버린 날개를 찾아서" 동화책을 어떤 사람들이 읽으면 좋을까 물어보았다. 역시 중년을 타겟층으로 하는 답변이 많이 나왔다. "중년의 위기를 경험하는 사람들", "인생의 전환점에 있는 사람들", "자기 발견과 성찰을 추구하는 사람들" 등의 의견이 많았다. 이러한 독자층에 내 동화책이 삶의 변화를 긍정적으로 받아들이고, 자신만의 길을 찾는 데 도움을 줄 수 있는 메시지를 전달할 것으로 기대된다.

"잃어버린 날개를 찾아서" 동화책은 다음과 같은 독자층에게 도움이나 위로를 제공할 수 있을 것입니다.

1. 중년의 위기를 경험하는 사람들
2. 인생의 전환점에 있는 사람들
3. 자기 발견과 성찰을 추구하는 사람들

우선 자신의 주제를 찾고, 기존에 출간된 비슷한 샘플 책을 확인한 다음 어떤 독자층에 내 동화책이 어필할 수 있을지 한번 고민해 보자. 그리고, 챗GPT에 한번 "OOO 동화책을 읽고 도움이나 위로가 될 만한 독자층은 누가 있을까요?" 라고 물어보자. 최대한 챗GPT에 질문할 때는 정중하게 질문하는 것이 좋다.

04

등장인물은 누구로 할까? (캐릭터 만들기)

동화책은 소설책처럼 등장인물이 중요하다. 한 명 한 명의 다양한 캐릭터가 스토리를 이끌면서 전체적인 조화를 이루기 때문이다. 특히 동화책의 마법은 등장인물의 내면에서 시작된다. 이들은 단순하게 일차원적 캐릭터가 아닌 이야기를 끌고 가는 심장이다. 또 그 캐릭터의 스토리를 따라가면서 독자의 감정을 움직이는 열쇠가 되기도 한다.

'잃어버린 날개를 찾아서'라는 동화에서 주인공은 단순히 중년의 실직자가 아니다. 그는 변화와 성장의 여정을 통해 자신만의 날개를 찾아가는 실직한 중년을 대변한다. 이처럼 각 캐릭터를 구성할 때, 그들이 단순한 행동의 주체가 아니라, 감정의 울림을 가진 존재로서 그려내야 한다. 그들의 고민과 희망, 두려움과 용기가 이야기를 통해 독자의 마음에 울려 퍼지도록 하는 것, 그것이 바로 풍부한 등장인물을 만드는 비결이다.

'잃어버린 날개를 찾아서'에서 나비는 변화의 상징으로 등장할 것이다. 이 나비를 통해 독자는 변화가 두려움과 도전이 될 수 있음을 깨닫게 된다. 이처럼, 등장인물 하나하나에 세심한 주의를 기울임으로써, 독자는 이야기 속에서 자신만의 의미와 메시지를 발견할 수 있다.

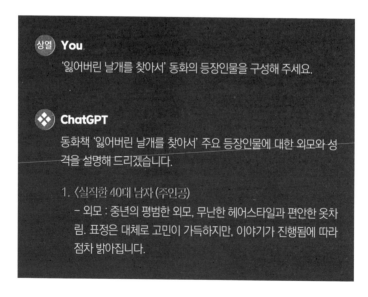

상열 **You**
'잃어버린 날개를 찾아서' 동화의 등장인물을 구성해 주세요.

ChatGPT
동화책 '잃어버린 날개를 찾아서' 주요 등장인물에 대한 외모와 성격을 설명해 드리겠습니다.

1. 〈실직한 40대 남자 (주인공)〉
   - 외모 : 중년의 평범한 외모, 무난한 헤어스타일과 편안한 옷차림. 표정은 대체로 고민이 가득하지만, 이야기가 진행됨에 따라 점차 밝아집니다.

- 성격 : 처음에는 좌절감과 불안정함을 느끼지만, 이야기가 진행되면서 호기심과 용기를 발견합니다. 성찰적이고, 깊은 생각을 하는 경향이 있습니다.

2. 나비
- 외모 : 화려하고 다채로운 색깔의 날개를 지닌 아름다운 나비. 그의 날개는 변화와 희망의 상징입니다.
- 성격 : 지혜롭고 친절합니다. 주인공에게 영감을 주는 역할을 합니다. 나비는 변화의 아름다움과 자연의 사이클을 상징합니다.

3. 여러 동물들
- 외모와 성격 : 숲속의 동물은 다양한 모습과 성격을 지니고 있습니다. 예를 들어, 지혜로운 올빼미, 장난기 많은 다람쥐, 조용하고 신중한 고슴도치 등이 있으며, 각자의 독특한 성격으로 주인공에게 인생의 다양한 교훈을 전달합니다.

이런 의미를 바탕으로 한번 '잃어버린 날개를 찾아서'의 캐릭터를 한번 챗GPT를 이용하여 구성해 보자. 다음과 같이 질문했더니 이런 등장인물 등 캐릭터가 완성되었다. 위 그림을 참고해서 자신이 쓸 동화책에서 독자에게 감동과 위로 등을 줄 수 있는 멋진 캐릭터를 만들어보자.

어떤 줄거리로 써볼까?

이제 캐릭터가 완성이 되었으면 가장 중요한 줄거리를 기획해야 한다. 동화책의 줄거리는 단순히 사건의 나열이 아닌, 이야기의 영혼을 짜내어 독자에게 감동이나 위로를 주는 작업이다.

줄거리는 독자를 이야기의 세계로 끌어들이는 힘이 있어야 한다. '잃어버린 날개를 찾아서' 같은 동화에서 줄거리는 주인공의 여정을 통해 변화를 이끌어내야 하기 때문에, 독자의 마음속 깊은 곳에 메시지를 심어야 한다. 이 여정은 단순히 사건의 전개가 아니라, 감정의 변화, 자아의 성찰, 그리고 결국 새로운 발견으로 이어진다.

각 장면, 각 대화, 각 전환점은 마치 심장이 박동하는 것처럼 이야기에 생명을 불어넣어 준다. 줄거리 구성은 단지 시작과 끝을 연결하는 것이 아니다. 독자의 마음을 움직이는 여행이다. 동화책의 줄거리는 간단하면서도 촘촘하게 처음부터 끝까지 하나의 같은 호흡으로 이어져야 한다.

챗GPT에 한번 줄거리 초안을 만들어 달라는 질문을 했다. 다음과 같은 줄거리 초안이 나왔다.

〈줄거리 초안〉

1. 시작 : 주인공은 40대 중반의 실직한 남성으로, 삶의 목적을 잃은 듯한 느낌을 받습니다.

2. 전환점 : 그는 우연히 고요한 숲에서 길을 잃고 방황하다가, 한 마리 독특한 나비를 만납니다. 이 나비는 그에게 자신의 변화 과정을 이야기합니다.

3. 여정 : 나비의 이야기에 영감을 받아, 주인공은 자신의 삶을 다시 생각해 보기 시작합니다. 그는 숲에서 만난 다양한 동물들과 대화를 통해 자신의 과거와 현재를 성찰합니다.

4. 결말 : 숲에서의 경험을 통해 그는 삶에 대한 새로운 관점을 얻고, 자신만의 길을 찾아가기로 결심합니다. 숲을 떠나면서, 그는 새로운 시작에 대한 확신을 갖게 됩니다.

이 동화책은 중년의 위기를 겪는 어른들에게 새로운 시작과 자기 발견의 가능성을 보여줍니다. 삶의 재평가와 자연과의 깊은 연결을 통해, 독자들에게 깊은 공감과 영감을 제공할 것입니다.

06

독자에게 어떻게 메시지를 전달할 수 있을까?
(동화가 주는 교훈)

우리가 글을 쓰는 목적은 독자에게 메시지를 전달하기 위함이다. 다만 동화책을 통한 메시지 전달은 단순한 교훈이나 명언의 나열이 아니다. 이것은 이야기의 깊은 층에서 독자의 마음과 영혼을 울리는 예술이다. 지금 쓰고 있는 '잃어버린 날개를 찾아서' 같은 작품에서 메시지는 주인공의 내적 변화와 성장을 통해 자연스럽게 표현된다.

이 과정에서 독자는 주인공과 함께 웃고, 울고, 깨닫게 된다. 이야기 속에서 독자가 경험하는 감정의 여정이 바로 가장 강력한 메시지이다. 각 장면, 대화, 그리고 상징은 독자에게 직접 말을 걸지 않아도 그들의 마음에 깊은 울림을 남긴다. 진정으로 감동적인 동화책은 독자의 마음에 영원히 남는 강력한 메시지를 전달한다. 이것이야말로 이야기를 통해 마음을 움직이는 창작의 힘이다.

또 이야기의 각 장면은 마치 퍼즐 조각처럼 독자가 스스로 생각하여 그 의미를 발견하게 만든다. 독자가 자신의 경험과 감정을 통해 이야기와 연결되는 순간, 그들은 메시지를 개인적인 차원에서 이해하고 받아들이게 된다. 이 과정에서 동화는 단순한 오락이 아닌, 삶의 교훈과 영감을 주는 도구로 변모한다. 이렇게 독자에게 메시지를 전달하는 것은 창작자의 섬세한 손길과 깊은 이해가 필요한 예술이다.

07

실제 집필하기 (본격적으로 쓰기)

이제 실제 초고 쓰는 일이 남았다. 초고 작성이 책 쓰기 작업에서 가장 오래 걸리는 일이다.

특히 동화책을 집필하는 것은 마치 마법 같은 여정과 같다. 첫 번째 단계는 감동적인 이야기 아이디어를 찾는 것이다. '잃어버린 날개를 찾아서'의 경우처럼, 이야기는 주인공의 개인적인 변화와 성장을 통해 독자에게 깊은 울림을 준다.

이 아이디어를 기반으로 줄거리를 구상하며, 각 캐릭터의 성격과 성향을 세심하게 그려낸다. 이 과정에서 AI에게 도움을 받을 수 있다. AI는 다양한 아이디어와 캐릭터, 심지어 대사와 장면까지 제안할 수 있어 창작 과정을 풍부하게 한다.

그다음은 이야기를 구체화하는 단계이다. 여기서 중요한 것은 독자의 감정과 호기심을 끌어당기는 흥미진진한 전개를 만드는 것이다. 각 장면은 이야기를 한 단계씩 전진시켜야 한다. 독자를 이야기 속으로 끌어들이는 데 중점을 둔다. 이야기의 각 장면은 마치 색칠하기 책의 페이지처럼, 독자가 자신의 상상력으로 채워 넣을 공간을 제공해야 한다.

마지막으로, 동화책을 완성하는 단계에서는 세심한 검토와 수정이 필요하다. 이야기의 흐름, 언어의 선택, 그리고 시각적 요소까지 모든 것이 독자에게 최상의 경험을 제공할 수 있도록 조율되어야 한다. 이 과정에서 AI는 작가의 비전을 현실화하는 데 도움을 줄 수 있다.

동화책 집필은 단순히 글을 쓰는 것 이상의 의미가 있다. 이것은 창작자가 자신의 상상력을 통해 독자에게 새로운 세계를 선사하는 과정이다. 각 페이지는 마치 새로운 우주를 창조하는 것과 같으며, 작가는 그 우주의 창조주이다.

08

각 내용에 맞는 삽도 만들기
(이야기의 영혼을 그리다)

동화책의 삽화는 단순한 장식이 아니라, 이야기의 영혼을 시각적으로 표현하는 중요한 요소이다. '잃어버린 날개를 찾아서'와 같은 작품에서 삽화는 각 장면의 감정과 분위기를 독자에게 전달한다. AI를 활용한 삽화 창작 과정은 이러한 감정적 깊이를 시각적 언어로 변환하는 매혹적인 여정이다.

첫 번째 단계는 이야기의 핵심적인 장면과 감정을 파악하는 것이다. AI는 작가가 설명하는 시나리오를 바탕으로 적합한 삽화 스타일과 요소를 제안할 수 있다. 예를 들어, 주인공이 숲속에서 나비를 만나는 장면에서는 AI가 평온함과 신비로움을 강조하는 색상과 형태를 제안할 수 있다.

다음으로, AI는 이러한 제안을 바탕으로 다양한 삽화 초안을 생성한다. 이 과정에서 작가는 자신의 창의력과 AI의 제안을 조화롭게 결합한다. 이야기와 완벽하게 어울리는 삽화를 만들 수 있다. AI가 제공하는 다양한 옵션을 통해, 작가는 새로운 아이디어와 영감을 얻을 수 있다. 이야기의 분위기를 더욱 풍부하게 만든다.

마지막으로, 삽화의 최종 버전을 완성하는 단계에서 AI는 세부 조정과 수정을 도와준다. 이 단계에서는 작가의 미적 감각과 AI의 정교한 기술이 결합되어, 동화책의 시각적 표현을 완성한다. 이렇게 완성된 삽화는 이야기와 하나가 되어, 독자에게 더욱 강력한 감동을 전달한다.

AI로 삽화를 만드는 것은 단순한 기술적 과정이 아니라, 창작자의 상상력을 확장하고, 이야기를 더욱 생동감 있게 만드는 예술적 여정이다. 이 과정을 통해, 작가는 독자들에게 시각적으로도 마음을 움직이는 이야기를 선사하게 된다.

특히 챗GPT를 내 달리(DALL-E) 프로그램을 이용하면 각 내용에 맞는 삽도를 금방 생성할 수 있다. "잃어버린 날개를 찾아서"의 주인공 실직한 40대 가장의 모습을 한 번 그려달라고 했더니 다음과 같이 그려준다.

CHAPTER
06

· · · · · · ·

제6장

작가로 산다는 것은

· · · · · · · ·

전업 작가로 살고 싶다?

글을 본격적으로 쓰기 시작한 2015년부터 막연한 꿈을 꾸었다. 그 시절에도 다니던 회사 사정이 안 좋아서 월급은 20% 삭감되고, 그마저도 밀렸다. 그 막연한 꿈은 바로 글을 써서 책을 출간하고 인세로만 사는 전업 작가가 되는 것이었다. 희망이 없던 그 시기에 가슴이 마구마구 뛰기 시작했다. 살면서 한 번도 생각하지 못했던 새로운 꿈을 꿀 수 있다는 생각에 설레었다.

월급이 밀리고 생활고에 시달리는 팍팍한 현실이었지만 내 머릿속은 장밋빛 미래로 가득 찼다. 어떻게든 작가가 되고 싶었다. 일단 작가가 되기 위해서는 글을 써야 한다. 어떻게든 책을 내기 위해서는 5줄 이상 써야 했다.

　1시간 동안 5줄 이상 쓰는 것이 어려웠던 그 당시의 나에게는 큰 숙제였다. 방법을 찾아야 했다. 몇 번의 시도 끝에 5줄 이상을 쓸 수 있게 되었다. 그 방법은 몇 번 소개했지만, 일단 자신이 1시간 동안 쓸 수 있는 분량을 파악한다. 파악한 분량만큼만 매일 쓴다. 시간이 단축되면 분량을 조금씩 늘려나간다. 그렇게 한 달을 매일 습작하다 보니 한글 A4 한 장을 채울 수 있게 되었다. 책 쓰기 강의와 책을 참고하면서 〈모멘텀〉 원고를 쓰기 시작했다.

　두 달 동안 직장과 집안일을 제외하고 원고 집필에만 몰두했다. 매일 쓰다 보니 확실히 처음보다 글쓰기가 수월해졌다. 잘 쓰고 못 쓰고를 떠나 분량을 채울 수 있다는 것만으로 큰 수확을 얻었다. 하지만 출판사 투고를 하면서 작가의 꿈은 그리 호락호락한 게 아니구나, 라고 느끼게 되었다.

　300개의 출판사에 투고했지만 계약하자고 연락이 오는 곳은 없었다. 큰 좌절을 겪었지만 포기하고 싶지 않았다. 내 이름으로 된 책을 서점에 진열되는 것을 꼭 보고 싶었다. 6개월의 사투 끝에 한 곳에서 연락이 와서 2016년 4월에 출간할 수 있었다.

저자 증정본을 받았을 때, 〈모멘텀〉이 광화문 교보문고에 진열된 것을 보는 순간 참 많은 눈물을 흘렸다. 꿈을 현실로 만들 수 있어 행복했다. 이젠 나도 전업 작가로 살 수 있다고 소리쳤다. 하지만 시간이 흐를수록 출간하고 받은 인세로는 살 수 없다는 사실을 알게 되었다. 현실은 냉혹했다. 모든 책이 나오면 다 베스트셀러가 되는 줄 알았지만, 그것이 아니었다.

결국 전업 작가로 사는 삶은 포기했다. 그래도 그만둘 수 없었다. 전업 작가의 꿈을 이루기 위해 계속 글을 썼다. 10년 동안 19권의 종이책(공저 포함)을 출간할 수 있었다. 그러나 전업 작가로 사는 것은 여전히 어려웠다. 책 한 권이 초대박이 나면 가능하다고 하는데, 아직 그런 적이 없다.

마음을 비우고 내려놓았다. 글을 계속 쓰다 보면 언젠간 전업 작가의 꿈을 이루지 않을까 싶다. 한 권씩 출간할 때마다 점점 좋아지고 있으니 분명히 그 시기는 올 거라고 굳게 믿고 있다. 자신에 대한 믿음과 확신이 있어야 그 꿈도 현실이 될 수 있다는 것을. 반드시 전업 작가로 한 번쯤은 살다가 이 세상을 떠나고 싶다. 오늘도 그 꿈을 향해 글을 써본다.

작가는 아무나 되나요?

불과 10년 전까지만 해도 내가 글을 쓰는 사람으로 살 줄 몰랐다. 아직 많이 알려지지 않는 무명작가이다. 여전히 회사 다니면서 시간 날 때마다 끄적인다. 다이어리나 노트를 펼쳐 펜으로 생각나는 아이디어나 주제를 간단히 적는다. 그것을 잘 기억했다가 그에 맞는 경험과 자료를 찾아서 모은다. 노트북을 켜고 한글창을 열어 자판을 치기 시작한다. 한 편의 초고를 완성할 때까지 자리를 뜨지 않는다.

글을 쓰는 사람으로 살고 싶어 글쓰기 특강에 무작정 참석했다. 제법 많이 알려진 강사다 보니 많은 사람이 모였다. 특강비도 꽤 비쌌던 걸로 기억한다. 그래도 지불했던 금액만큼 뭔가 얻는 것이 분명히 있을 것 같았다. 옆에 앉은 사람도 처음 봤지만, 같은 목적으로 세미나에 참석했던 지라 눈빛이 초롱초롱 빛났다. 그 강사의 첫 질문이 아직도 기억난다.

"이 자리에 왜 오셨습니까? 글쓰기 배우러 오셨지요. 이제는 누구나 책을 출간하는 작가가 될 수 있습니다. 왜 책을 내야 하느냐? 전문가가 되고 자신을 브랜드화시켜 월 천만 원을 누구나 다 벌 수 있기 때문입니다."

월 천만 원이라니! 그 소리에 귀가 솔깃했다. 그렇게 벌어본 적이 없다. 그저 하루하루 직장에서 일하면서 받은 월급은 쥐꼬리만 했다. 대기업을 다니는 것도 아니고, 업종 자체가 다른 분야에 비해 받는 월급도 얼마 되지 않았다. 당연히 내가 할 수 있는 일이 이것뿐이라 감사하게 생각하면서 다녔다. 하지만 우물 안의 개구리였다. 이 특강에 오니 전혀 다른 새로운 세상이 펼쳐지고 있었다.

그 강의를 듣고 있는 사람들의 눈빛은 그 강사를 향하고 있었다. 무조건 글을 써서 책을 내면 유명한 베스트셀러 작가가 된다는 이야기를 수 차례 반복했다. 이미 사이비 종교의 교주가 신도에게 가스라이팅 하는 분위기와 유사했다. 나도 그 분위기에 압도당했으니까. 그런데 그것이 나쁜 게 아니었다.

오랜만에 느껴보는 긍정적인 성공의 기운이 막 내 몸에서 느껴졌다. 무조건 글을 써야겠다고 다짐했다. 강의가 끝나자 꽤 높은 금액의 수강료를 내고 그 강사의 정규수업을 신청하는 사람이 많았다. 나는 끝나고 나오면서 그에게 질문했다. "정말 작가가 될 수 있나요?"

"될 수 있습니다. 다만 저에게 배워야 확실한 작가가 될 수 있습니다." 돈을 내라는 소리다. 생각 좀 해본다고 하고 나왔다. 뒤에서 그 강사의 혼잣말을 들을 수 있었다. "작가는 아무나 하나.." 따지고 싶었지만, 그냥 참고 나왔다. 이후 다른 사람의 특강과 글쓰기 책, 유튜브 강의 등을 통해 글을 쓰기 시작했다. 그리고 7년 전 글쓰기 스승 이은대 작가를 만나 작가의 본질에 대해 잘 배울 수 있었다.

내가 생각하는 작가는 매일 뭐라도 쓰는 사람이다. 작가가 되고 싶다고 하면서 글은 쓰지 않는다. 책 한 권 출간한 작가가 되었는데, 다음에는 쓰지 않는다. 작가라는 명사가 되기 위해서는 '글을 쓰다'라는 동사가 선행되어야 한다. 또 무조건 팔리는 책을 써야 진짜 작가라고 외치는 사람도 많다. 틀린 말은 아니다. 많은 사람에게 자신이 쓴 글이 널리 전파되면 그것만큼 유익하고 값진 일은 없다. 그러나 누구나 글을 쓴다고 다 유명해지지 않는다. 나도 마찬가지다.

작가는 아무나 될 수 있다. 단 전제는 매일 써야 한다는 것이다. 매일 쓰지 못한다면 일주일에 주 3회라도 계속 쓰는 행위를 멈추지 말아야 한다. 자신이 가지고 있는 지식과 경험을 어떤 독자에게 도움을 줄 수 있는지 생각하고, 거기에 맞는 글을 계속 쓰면 된다. 아니면 자신의 일상에서 느낀 감정이나 경험에서 의미를 부여하여 독자에게 전해도 좋다.

글을 쓰는 사람이 많아졌으면 좋겠다. 작가는 다른 일을 하더라도 병행할 수 있다. 내가 글 쓰는 엔지니어로 활동하는 것처럼 말이다. 글 쓰는 아빠, 글 쓰는 엄마, 글 쓰는 전업주부, 글 쓰는 청소부, 글 쓰는 약사 등. 자신의 이야기를 편하게 써서 나누어

주면 좋겠다.

　죽을 때까지 나도 계속 글을 쓰는 사람으로 살고 싶다. 매일 쓰는 사람이 진짜 작가라는 말을 실천하고자 한다. 닥치고 쓰다 보면 누구나 작가가 될 수 있다.

작가로 산다는 것은

글을 쓴 지도 벌써 10년이 넘었다. 나보다 훨씬 오래 쓴 작가도 많지만, 벌써 10년이나 지났다니 신기하다. 사실 끈기도 부족하고 참을성도 없는 사람이다. 이 두 가지가 부족하다 보니 직장도 많이 옮겨 다녔다. 뭔가 의욕에 앞서 시작한 일도 한두 번 하다가 아니다 싶으면 포기했다. 당연히 어떤 일을 끝까지 해보거나 성과를 이룬 것이 많이 없었다.

그러나 글쓰기는 나에게 달랐다. 쓰면 쓸수록 재미있었다. 블로그에 포스팅한 내 글을 읽고, 반응을 보이는 사람이 신기했다. 댓글도 달아주고, 좀 더 이렇게 썼으면 더 좋을 것 같다는 조언도 듣다 보니 계속 쓰고 싶어졌다. 끈기와 인내가 부족한 내가 처음으로 작가를 꿈꾸게 되었다.

그 당시 작가라는 의미는 나에게 책을 출간하는 사람이라고 여겼다. 그렇다 보니 내 이름으로 된 책을 어떻게든 내야 작가가 될 수 있다고 믿었다. 어떻게 해야 작가가 될 수 있는지 방법을 찾아보았다. 막상 글은 쓰고 있지만, 책을 출간하는 일은 또 다른 차원의 문제였기 때문이다. 아무런 정보도 없었다. 시중에 나와 있는 책 쓰기 관련 책도 몇 권 없었다. 그 책이라도 구입하고, 인터넷을 찾아보니 책 쓰기 강의 정보도 있어서 같이 신청해서 듣게 되었다.

책을 쓰기 위해서는 어떤 주제로 쓸지 먼저 찾아야 한다. 그 주제로 어떤 독자층에 어필 할 수 있을지 같이 찾아본다. 주제와 타겟층 선정 후 목차를 작성한다. 이 세 가지만 완성되어도 책을 쓰는 과정의 50%는 끝났다고 보면 된다. 다음에는 그 목차에 맞추어 초고를 쓴다. 초고 완성이 되면 몇 번의 퇴고를 거친다. 퇴고가 끝나면 이 세상에 책으로 된 형태로 태어나게 된다.

이런 일련의 과정에서 초고 쓰는 작업이 가장 오래 걸리고 힘들다. 최소 35~40꼭지 분량을 완성해야 한다. 주제와 목차를 정하기도 어렵지만, 초고 쓰기는 장기간 레이스이기 때문에 중도 포기하는 사람이 많다. 작가가 되겠다고 선언했지만, 글을 쓰지 않으니 작가가 되지 못한 것이다.

나도 그랬다. 지금까지 여러 권의 책을 출간하고 등록하면서 가장 힘들었던 순간이 초고 쓰기였다. 직장을 다니면서 내가 목표한 시간 내 써야 하다 보니 시간이 배로 걸렸다. 그래도 원하는 목표가 있었기에 계속 참고 견디면서 원고를 작성했다. 끈기와 인내가 부족했던 약점을 이 시기에 조금씩 극복하기 위한 노력도 있었다.

초고를 쓰다 보면 어떤 꼭지는 내가 쓰고 싶은 대로 술술 써지는데, 다른 꼭지는 몇 시간 아니 며칠 동안 한 줄도 못 쓰기도 했다. 컨디션에 따라 녹초가 되거나 아프면 쓰고 싶은 생각이 아예 들지 않는 날도 있었다. 사람에게 상처받거나 회사에서 안 좋은 일이 있으면 기분이 좋지 않아 거르자는 생각도 했다.

하지만 그러고 싶지 않았다. 내가 혼자 쓰는 개인 저서도 항상 초고 마감 날짜를 정해놓았다. 같이 쓰는 공저의 경우는 미리 일정이 짜여있다. 그 약속을 지키기 위해서라도 기분이 좋지 않아도 감정이 상했어도 별개로 계속 글을 어떻게든 썼다. 그렇게 하다 보니 출간까지 갈 수 있었다.

작가로 살고 싶은 사람이 많다. 친구나 지인에게 '작가님'이란 호칭을 들으면 참 기분이 묘하다. 아니 듣기 좋은 호칭이다. 하지만 글을 쓰지 않으면서 작가님이라고 불리면 얼마나 부끄럽고 창피한가? 작가로 산다는 것은 무슨 일이 있어도 자신이 정한 시간과 공간에서 일정한 양의 글을 쓰는 사람이다. 도저히 쓰고 싶지 않은 기분이 들 때도 한 줄이라도 더 쓰려고 노력하는 사람이 바로 진짜 작가라고 말하고 싶다. 작가라는 명사보다 글을 쓴다는 동사의 개념으로 접근해야 한다.

죽을 때까지 작가로 살고 싶은 꿈이 있다. 여전히 갈 길이 멀다. 그래도 작가로 계속 살기 위해 오늘도 한 편의 글을 쓴다.

작가가 버려야 할 요소

글을 쓰면서 많은 변화가 있었다. 나란 사람에 대해 객관적으로 바라볼 수 있게 되었다. 기복이 심했던 감정과 마음도 조금씩 정리할 수 있었다.

몇 권의 책도 출간하면서 서점과 도서관에 진열되는 경험도 했다. 여러 도서관과 백화점 문화센터, 기관 등에서 많은 사람들에게 글쓰기 강의를 진행했다. 회사 일을 병행하면서 사람들에게 읽고 쓰는 삶을 전파하는 사명으로 살고 있다. 자존감이 바닥을 쳤지만, 내 글을 읽고 공감하고 응원해 주는 사람들이 생기다 보니 삶의 활력도 다시 찾게 되었다.

글을 쓰는 사람들이 많아지고 있다. 같은 꿈을 꾸는 사람이 늘어나고 있어서 참 뿌듯하다. 사람마다 가진 성향이 다르다 보니 그들이 쓰는 다양한 글을 읽는 재미도 쏠쏠하다. 많은 글과 책이 쏟아져 나오다 보니 시간 내서 다 읽지 못하지만, 그래도 나와 인연이 있는 작가의 글은 챙겨 보는 편이다.

여전히 부족한 작가라고 생각한다. 다만 조금 글을 쓴 경험을 바탕으로 이제 막 글을 쓰고 싶은 사람에게 버려야 할 요소에 대해 한번 같이 나누어 보고자 한다. 지극히 개인적인 의견도 같이 첨부하니 참고만 해도 좋다.

첫째, 자만이다.

글쓰기가 익숙해지고, 주변 사람들이 글에 대해 칭찬하기 시작하면 우쭐해진다. 내가 쓴 글도 먹힌다는 자신감이 생기는 것은 좋다. 하지만 그것이 너무 지나쳐서 자신이 쓴 글에 대해 과대평가를 하게 되고, 타인의 피드백을 듣지 않는다. 이것이 결국 더 나은 글쓰기를 방해할 수 있다.

둘째, 욕심이다.

글쓰기가 익숙해지면 한 가지 주제에 너무 많은 것을 담으려고 한다. 이것저것 쓰다가 결국 내용은 산으로 가는 경우가 생긴다. 독자에게 하고 싶은 메시지 하나만 남기면 된다. 한 가지 주제에 한 가지만 쓰는 단순함을 익히는 것이 좋다.

셋째, 출처를 밝히지 않는 것이다.

자신의 경험을 바탕으로 쓰는 것이 가장 바람직하다. 따로 출처를 밝히지 않아도 되기 때문이다. 다만 여기에 좀 더 글의 신뢰성을 주고 싶을 때 자료를 찾아 인용하기도 한다. 이런 경우 타인의 글을 자신이 쓴 것처럼 베끼기도 하는데, 이렇게 하지 말고 철저하게 출처를 명기하자.

넷째, 편견과 선입견이다.

글을 쓰는 사람이 편견과 선입견을 가지게 되면 글이 한쪽으로 치우치게 된다. 다양한 관점에서 글을 써야 성향이 다른 여러 독자를 만족시킬 수 있다. 너무 편향적으로 글을 쓰다 보면 오히려 독자를 혼란스럽게 할 수 있다.

다섯째, 표현력이다.

같은 단어를 너무 반복하지 말자. 다양한 어휘를 선택해서 같은 의미라도 다양한 표현을 하는 것이 좋다. 문장은 길게 쓰지 말고 짧게 쓰는 연습을 하자. 표현력이 많아질수록 그 글을 읽는 독자의 상상력은 풍부해질 수 있다.

다른 버려야 할 요소가 더 있지만 위 5가지만 버려도 글쓰기가 훨씬 수월해진다. 나도 위 5가지를 생각하면서 글을 쓰려고 노력하고 있다. 앞으로 더 많은 사람이 글쓰기를 만났으면 하는 바람이 있다.

앞으로 더욱 글쓰기가 필요한 시대가 될 것이라고 믿는다. 나 자신을 제대로 표현하는 도구가 바로 글쓰기이기 때문이다. 아직 글을 쓰고 싶은데 머뭇거리고 있는가? 지금 당장 노트북을 켜서 생각나는 대로 감정가는 대로 낙서해 보자. 그것이 글쓰기의 첫걸음이다.

작가가 되고 싶은 직장인에게
해주고 싶은 말

직장을 다니면서 계속 글을 쓰고 있다. 직장을 다니면서 글을 쓰면 불이익이 있다고 하지만, 개의치 않고 쓰고 있다. 물론 그만큼 본업에 더 신경을 써야 하는 것이 맞다. 그래야 더 주변에서 인정받고 마음 편하게 글을 쓸 수 있기 때문이다.

누군가 물어본다. 한 가지라도 똑바로 하는 게 더 낫지 않냐고? 틀린 말은 아니다. 한 가지에 더 집중하고 몰입하면 성공 가능성을 올라간다. 매번 그런 질문을 들을 때마다 나는 이렇게 대답한다. 글쓰기가 아니었다면 지금 하는 본업도 계속할 수 없었을 것이라고. 두 마리 토끼를 잡으려고 했던 것이 아니다. 본업으로 인해 나락까지 떨어졌던 인생을 글쓰기가 다시 일으켜 세웠다.

일상에 있었던 내 경험과 감정을 있는 그대로 써 내려갔다. 한 편의 글이 완성될 때마다 마음이 좀 진정되고 편안해졌다. 나에게 글쓰기는 명상의 효과도 있었다. 한 개의 단어, 한 줄의 문장을 쓸 때마다 심호흡한다. 눈을 감고 숨을 들이쉴 때 어떤 단어를 골라 문장을 쓸지 잠시 멈춘다. 내쉴 때 키보드를 두드리며 진짜 글을 완성했다.

사회생활 10년 차에 시작했던 글쓰기가 10년 차 및 20년 차 직장인이 되었다. 나 말고 본업을 하면서 글을 쓰는 사람이 많지만, 스스로 생각해도 직장인 작가라는 타이틀이 어색하지 않게 되었다. 오늘은 직장을 다니면서 글을 쓰고 싶거나 퇴직 이후 글쓰기로 삶을 바꾸고 싶은 사람에게 이런 말을 해주고 싶다. 그냥 내가 지금까지 쓰면서 느끼고 경험했던 이야기를 나누고 싶으니 너무 태클은 걸어주지 말았으면 한다.

첫째, 직장 등 자신의 일상에서 겪은 모든 것이 글감이 될 수 있다.

글을 쓰자고 하면 사람들은 꼭 거창하고 새로운 뭔가를 써야 하는 일이 아니냐고 반문한다. 직장인이라면 그동안 짧게는 몇 년 길게는 10년 넘게 자신만의 전문 분야 및 기술을 가지고 있다. 그것을 하나씩 풀어서 쓰는 것부터 시작해도 된다. 상사에게 혼났던 일, 출장지에서 겪은 재미있었던 사건, 사내 직원과의 썸 등 직장에서 겪었던 모든 이야기 자체가 하나의 주제나 글감으로 연결하면 그만이다.

둘째, 오늘 한 편의 글만 쓴다는 생각을 가지면 된다.
처음부터 이 세상을 깜짝 놀라게 할 작품을 쓴다고 다짐하면 며칠 쓰다가 포기한다. 또 직장을 그만두고 하루 종일 글만 쓰겠다고 결심하는 사람도 있는데, 그렇게 하지 말자.

우선 오늘 한 편의 글만 쓴다는 마음으로 하루 30분 이내로 조금씩이라도 쓰자. 매일 조금씩 분량을 채워 나가자. 작게 시작해서 꾸준하게 쓰는 것이 중요하다.

셋째, 글을 써야 할 완벽한 타이밍이나 이유를 찾지 말자.
글을 쓰고 싶은데 업무가 너무 바빠서 엄두가 나지 않는다는 직장인을 많이 만났다. 일을 끝내고 나중에 쓴다고 말은 하지만, 결국 쓰지 않았다. 아무리 바쁘더라도 짧게 2~3줄 쓸 시간은 분명히 있다.

그런 것이 모여서 하나의 글이 된다. 나도 업무가 아무리 많아도 하루에 한 개의 글은 쓰기 위해 틈새 시간을 사용한다. 뭘 써야 할지 글감을 찾아 어떻게 쓸지 구상만 하고 바로 쓰기 시작한다. 생각나면 바로 글쓰기로 돌입하자. 일과 글쓰기의 균형은 그렇게 맞추는 것이다.

넷째, 글쓰기로 엄청난 돈을 벌겠다는 생각은 처음부터 버리자.

글쓰기로 월 천만 원 벌 수 있다는 광고 요새 많이 본다. 정말 글쓰기 하나로 그렇게 벌었을까? 다른 콘텐츠, 강의 등 다양한 기회 창출이 생겨서 잠깐 벌 수 있지만, 매달 벌 수 없다. 그저 자신이 지금까지 잘 해왔던 직장생활, 자신의 직업에 대한 지식과 경험 등을 그저 글로 옮겨서 독자에게 알려주면 된다.

나도 유명한 베스트셀러 작가가 되고 싶은 욕심이 처음부터 컸다. 책만 출간하면 인생이 완전히 달라질 줄 알았다. 현실은 그렇지 않았다. 조금 기회가 많아졌을 뿐이다. 지금은 일을 하면서 글을 쓸 수 있는 행위 자체가 즐겁다. 마음을 비우고 자신이 지금까지 쌓아온 일상, 직업에 대한 전문 지식과 경험을 독자들이 원하는 메시지를 담아 편하게 하루에 한 편의 글을 써보면 어떨까? 하루하루 일하고 쓰다 보면 어느새 당신도 직장인 작가가 되어 있을 것이다.

작가도 미움받을 용기가 필요하다

"왜 내가 뭐 잘못 했어?"

"너는 이런 것을 고쳐야 해. 자꾸 네가 그런 방식으로 강의하니 사람이 오지 않는 거야."

"내 방식대로 하면서 조금씩 수정할거야."

"안돼. 그것은 이렇게 해야지."

그는 계속 내 앞에서 이렇게 해야 한다 저렇게 바꾸어야 한다고 설명했다. 서로 하는 일을 공유하고 좋은 이야기 하기 위해 만났던 그는 술 한잔 들어가자 잔소리꾼으로 바뀌었다. 내가 하는 일이 못마땅했던 모양이다. 내가 잘하지 못한 분야를 그는 잘했다. 조언을 구하고자 했는데, 어느새 나는 그에게 가스라이팅을 당하고 있었다.

처음에는 그의 조언을 철석같이 믿고, 알려준 대로 하나씩 적용했다. 하지만 결과는 오히려 좋지 않았다. 하나씩 찬찬히 뜯어 보니 그 방법은 나와 맞지 않았다. 그리고 그렇게 해서 성과를 냈다는 그도 자세히 살펴보니 한두 번 성공하고 나서 결과물은 더 이상 없었다. 사람을 너무 좋아하게 되면 다 퍼주고 믿는 성격이다. 능력자로 알고 있던 그에게 철저하게 나는 이용만 당했다. 그에게 미움받을 용기가 없었다. 아무래도 더 이상 연락하면 되지 않겠다는 생각이 들었다. 천천히 그와 연락을 끊기 시작했다.

처음 글을 쓰기 시작할 때도 그랬다. 내 인생 처음으로 절실한 목표를 설정했다. 작가가 되겠다는 꿈을 꾸었다. 주변 사람 대부분이 나를 비웃었다. 네가 무슨 글을 쓰냐고. 지금 하는 일도 잘 못하면서 다른 생각 하지 말고, 하던 일이나 똑바로 하라고. 등등 수많은 비아냥을 들었다. 한두 사람이면 모르겠는데, 꽤 많은 사람이 그런 이야기를 하니 나도 모르게 주눅이 들었다. 진짜 나는 글을 쓰면 안 되는 사람이라고 세뇌가 되었다.

'그래! 무슨 내가 얼어 죽을 작가냐!'

포기하려고 했다. 많은 사람이 안 된다고 하면 안 되는 줄 알았다. 주변 사람에게 괜히 미움받고 싶지 않았다. 내 마음에 상처가 나지 않았으면 좋겠다고 생각했다. 그러나 자꾸 다른 한구석에는 반드시 작가가 되고 싶다는 마음이 생겨났다. 며칠 잠 못 자고 고민하다가 그냥 하지 않고 후회할 바에 도전이라도 하면 아쉬움은 없겠다는 생각에 결국 글을 쓰기 시작했다.

원고도 쓰면서 블로그에 글을 올리기 시작했다. 아직 엉성하고 허접한 글이다 보니 악성 댓글도 많이 달렸다. 특히 이웃 중한 명은 매일 내 글에 이렇게 쓰면 되지 않는다. 저렇게 써야 한다. 라고 조언을 달기 일쑤였다. 처음에는 충고라 생각하고 받아들이다가 언젠가 인신공격과 자신이 굉장한 작가인 마냥 행동하는 모습에 참다못해 한마디 했다.

더 이상 그 사람도 할 말은 없었는지 조용히 사라졌다. 그 일이 있고 나서 내 글에 어떤 평가를 하든 말든 신경쓰지 않기로 했다. 내가 글을 잘 쓴다 하더라도 분명히 내 글을 싫어하고 미워하는 사람은 있을 테니까.

10년 넘게 글을 쓰면서 내가 쓴 글을 읽고 남긴 독자의 반응에 크게 신경쓰지 않는다. 응원과 잘 읽었다는 메시지도 많지만, 반대로 너무 우울하고 어두운 글만 쓴다거나 패턴이 똑같다는 등의 부정적인 댓글도 가끔 받고 있다. 예전에는 안 좋은 댓글만 보면 신경질이 났지만, 악플이 무플보다 낫다는 말을 듣고 나서 마음이 편해졌다.

모두를 만족시키는 글을 쓰는 일이 작가의 숙제이자 사명이다. 다양한 사람이 살고 있는 사회에서 모두를 만족시킨다는 것은 어렵다. 그래서 글을 쓰는 사람, 작가는 미움받을 용기도 필요하다. 자신이 쓴 글에 한 독자가 뭐라고 하더라도 상처받지 말아야 한다.

평범한 사람이 돋보이는
작가가 되었다면

몇 주 전 알고 지낸 한 지인이 오랜만에 연락이 왔다. 나도 워낙 사람들에게 연락을 잘 안 하는 스타일이다. 무소식이 희소식이라고 생각하지만, 몇 년간 내 잘못으로 관계에 문제가 많이 생겼다. 사람 좋아하는 내가 사람을 좀 멀리하게 된 점도 신기하다. 그 지인도 글을 쓰면서 만난 인연은 아니고, 예전 내가 하던 본업과 관련되어 같이 일하다 알게 된 사람이다.

어떻게 지내냐는 말에 그동안의 근황을 짧게 공유했다. 다 듣고 나서 담담하게 괜찮냐고 물어본다. 그 말을 듣고 싶었는지 나도 모르게 눈물이 핑 돌았다. 잠시 정신 차리고 난 후 그에게 근황을 물었다.

거꾸로 나보고 다시 묻는다. 아직도 글을 쓰고 있냐고. 부족하지만 글쓰기도 이제 내 생활이 되어 꾸준하게 지속하고 있다고 대답했다. 그가 웃으면서 자기도 할 말이 있다고 했다. 자기도 곧 책을 출간 예정이라 했다. 전자책도 아니고 종이책으로 나올 날을 기다린다고. 전화로 들리는 그의 목소리는 상당히 들떠 있었다.

글을 쓴다는 이야기도 없었는데, 언제 그렇게 써서 책까지 출간했냐고 다시 물었다. 조용히 2년 동안 준비했다고 한다. 작가가 되었다는 그를 진심으로 축하한다고 하고 책이 나오면 만나기로 약속했다. 평범했던 그가 갑자기 돋보이는 사람처럼 보였다.

4년째 글쓰기/책 쓰기 스쿨을 운영하고 있다. 글을 쓰기 어렵거나 책 출간이나 등록을 하고 싶은 사람을 강의와 코칭으로 돕는 중이다. 아직 많지 않지만 13명 정도를 개인 저서 작가로 만들었다. 공저까지 포함하면 100명 가까이 된다. 그들도 처음에는 각자 직업을 가진 평범한 사람이지만, 책을 낸 저자는 아직 출간하지 않는 그들 사이에서 돋보이게 된다.

나도 10년 동안 11권의 개인 저서와 8권의 공저 종이책을 출간했다. 물론 잘 나가는 베스트 셀러 책은 없다. 조금씩 출간하면서 더 나은 글을 쓰고자 노력하고 있다. 그래도 많지 않지만, 이젠 글을 쓰고 책을 출간한 작가로 사람들에게 알려지는 중이다. 그들이 보기에 나도 돋보이는 사람이라고 느낄 수 있다. 그들은 어떻게 평범한 사람에서 돋보이는 작가로 거듭났을까?

첫째, 그냥 썼다.

시작을 쉽게 하는 것이다. 책을 출간하기 위해서는 우선 써야 한다. 주제를 정하고 목차를 짜는 과정이 먼저지만, 일단 써야 출간이 가능해진다. 작가가 된 사람은 그냥 책을 출간한다고 마음먹으면 바로 쓰기 시작했다.

둘째, 계속 썼다.

가장 중요한 점이다. 일단 시작했으면 끝을 봐야 한다고 마음먹은 사람이다. 책을 쓰는 일은 장시간이 요구된다. 짧게는 3개월에서 길게 1년까지 쓸 수 있다. 포기하지 않고 계속 꾸준하게 쓰다 보니 종착점에 다다를 수 있다.

셋째, 자신에 대한 믿음과 열정이 확실했다.

작가가 될 수 있다고 자신을 굳게 믿으니 계속 쓸 수 있는 열정도 같이 생긴다. 나도 그랬다. 누가 뭐라 하든 신경 쓰지 않았다. 꾸준하게 쓰고 출판사와 연결되면 출간까지 갈 수 있는 확고한 신뢰가 결국 작가라는 꿈을 만들게 해주었다.

넷째, 무리하지 않았다.

시간이 오래 걸려도 자신의 페이스를 잃지 않았다. 자신이 쓸 수 있는 분량과 시간을 미리 확보하고 실행했다. 열정도 과하면 페이스를 유지하기 힘든데, 자신만의 속도로 썼다.

이 네 가지가 그들을 돋보이는 작가로 만들었다. 책을 처음 출간했을 때 그 지나간 과정의 고통을 잘 알고 있다. 지금도 그만둔 새로운 원고의 목차를 다시 바꾸었다. 올해 안으로 마무리하기 위해 다시 쓰고 있다. 곧 새로 나올 공저 원고도 최종 퇴고 후 마무리했다. 나는 작가가 되기 위해 위 네 가지를 계속 실천하고 있다.

작가가 되고 싶은가? 말만 하지 말고, 생각만 하지 말고 그냥 쓰자. 일단 쓰기 시작해도 작가가 된 것이다. 쓰면서 자신은 작가라고 확실하게 믿고 끝까지 가자. 당신도 평범했지만, 그 끝에는 근사한 작가가 된 자신을 만날지도 모르니까.

읽고 쓰는 삶을 만나면 무엇이 달라지는가?

◆

약 12년 전 인생의 어둠을 만났다. 참으로 깊은 동굴로 들어갔다. 끝이 보이지 않는 어둠이 밀려왔다. 앞으로 어떻게 살아야 할지 막막했다. 밤에 홀로 나가 돌아다니면서 방황했다. 아무리 생각해도 답이 떠오르지 않았다. 내 인생 처음으로 내 마음대로 되는 일이 없다고 느낀 시절이다. 부정적인 생각만 계속 떠오르고, 내 마음에는 일말 희망조차 없었다.

하루 종일 방에서 누워만 있다가 밤이 되자 다시 나갔다. 가족들에게 나약한 모습을 보이기 싫어서 무작정 밖으로 나왔다. 아무런 대안도 없었다. 30분 정도 걸었을 때, 이상하게 하나의 생각이 내 머리를 스쳐 지나갔다. 책을 읽어보기로 결심했다. 어린 시절 독서를 통해 어려운 문제를 해결했던 기억이 났다.

광화문 교보문고로 무작정 찾아갔다. 김난도 교수의 〈아프니까 청춘이다〉가 눈에 띄었다. 그 책을 손에 들고 읽기 시작했다. 나도 모르게 몰입했다. 그 자리에서 반 정도를 읽었는데, 시계를 보니 30분이 지나 있었다. 책 내용을 보면서 뭔가 가슴에 끓어오르는 게 느껴졌다. 다시 살 수 있는 희망이 보이기 시작했다.

그렇게 시작했던 생존 독서는 글쓰기까지 이어졌다. 독서하면서 느꼈던 내 감정과 생각을 글로 옮겼다. 독서와 글쓰기를 병행하니 그 책에 대한 정리가 잘 되었다. 생각이 넓어지는 느낌이다. 작가의 꿈도 생겼다. 그렇게 읽고 쓰는 삶을 만나면서 내 인생도 조금씩 풀리기 시작했다. 글 쓰는 엔지니어로 살게 되었다.

아직 내가 원하는 삶을 살고 있지 못하지만, 내가 무엇을 좋아하는지 명확하게 알게 되었다. 읽고 쓰는 강연/강의하는 내 모습을 보고 살아있다는 느낌이 들었다. 낮에는 일하고 밤에는 읽고 쓰면서 조금씩 내가 그리는 인생을 만들어 가고 있다. 언젠가는 읽고 쓰며 강의하는 일을 죽을 때까지 업으로 삼고 싶은 꿈을 꾸는 중이다. 읽고 쓰는 삶을 만나면 다음과 같이 달라질 수 있다.

첫째, 생각의 깊이가 달라진다.

책을 읽으면 다양한 지식과 작가의 시선을 흡수할 수 있다. 그것을 글로 옮기면 지식을 체계적으로 정리하고 자신의 시선에서 생각을 정리하게 된다. 그런 과정을 통해 사고가 더 깊어진다. 어떤 문제에 대해 다양한 관점에서 통찰할 수 있다.

둘째, 자기표현 능력이 늘어난다.

독서를 통해 질문하고 답을 찾는 과정에서 자신만의 언어로 요약할 수 있다. 글을 쓰는 과정에서 생각이 더 명료하게 정리된다. 두 번의 요약을 통해 전달하는 능력이 향상된다. 구사하게 되는 어휘력도 많아진다.

셋째, 감정 조절 능력이 좋아진다.

독서는 그 저자의 시선을 통해 타인의 삶과 감정을 이해하는 데 도움이 된다. 글을 쓰면서 자신의 감정을 제대로 알아차리면서 다시 한번 들여다볼 수 있다. 읽고 쓰는 습관이 계속되면 자기 성찰과 감정 조절 능력이 강화된다. 감정 조절만 잘해도 인생이 편해진다.

넷째. 스트레스가 해소되면서 정서적으로 안정된다.

책을 읽으면서 나와 같은 저자가 많다는 사실에 안정감을 느낄 수 있다. 글쓰기를 통해 감정을 밖으로 배설하는 효과를 누릴 수 있어 스트레스가 줄어든다.

다섯째, 자신의 창의력이 증가한다.

독서를 통해 다양한 관점으로 문제를 보게 되면서 창의적인 해결책 아이디어를 떠올릴 수 있다. 글쓰기는 이런 창의적인 아이디어를 현실로 구체화하는 데 도움 줄 수 있다.

10년째 읽고 쓰다 보니 보다 많은 사람에게 읽고 쓰는 삶의 예찬을 들려주고 싶다. 당장 큰 인생의 변화는 없지만, 조금이나마 자신의 인생에 도움이 될 수 있다. 혹시 요새 자신의 인생에 힘든 일이 있다면 잠시 멈추고 자신에게 맞는 책을 찾아 한 페이지라도 읽자. 그 페이지에서 찾은 한 문장을 음미하자. 현재 처한 자신의 문제를 어떻게 해결할 수 있을지 고민하고 적용하자. 그것을 글로 옮겨보자. 읽고 쓰다 보면 성장이라는 키워드를 만날 수 있다.

저자 **황상열**